喫茶ルパンで秘密の会議

蒼井蘭子

Menu

プロローグ …… 8

第一章　親友の不運 …… 18

第二章　Je te veux（ジュトゥヴ） …… 94

第三章　被害者 or 加害者 …… 136

第四章　真相 …… 204

エピローグ …… 248

人物紹介
藤岡珠美
純喫茶ルパンで働く製菓学校の専門学生。せっかちだが友達思い。22歳。
高峰昴
純喫茶ルパンに入り浸るベストセラー作家。飄々としていて、普段はちょっとだらしない30歳。

金子慶司（かねこけいじ）
珠美の幼馴染の刑事。猫舌で甘いコーヒーが好き。22歳。
藤岡源次郎（ふじおかげんじろう）
珠美の祖父で、純喫茶ルパンのマスター。いつも穏やかにみんなを見守っている。
西畑佳代（にしはたかよ）
珠美の高校時代からの親友。銀行員で昴の小説のファン。22歳。
吉井紗耶香（よしいさやか）
昴の担当編集者。いつも昴を探して純喫茶ルパンにやってくる編集の鬼。32歳。

【イラスト】はねこと

CAFE LUPIN
喫茶ルパンで
秘密の会議
A SECRET MEETING

プロローグ

一九六〇年、夏。セミの声がやたら暑さを強調する昼下がり。今年も桜川(さくらがわ)沿いを三〇〇メートルにわたって続く桜並木は、緑に覆(おお)われていた。

セミの姿は見えないものの、耳につくあの声だけは何重にも重なって聞こえている。その下には膝にも届かないほどの浅さの桜川がゆっくりと流れ、子供たちが虫取り網を持って遊んでいる。

そんな窓の外ののどかな光景を横目でちらりと眺め、それとは対照的な室内の光景に、宮前正蔵(みやまえしょうぞう)は大きなため息を吐いた。一階は店舗と六畳の居間と水回り、二階に和室が二間(ふたま)。店舗の隅のカウンター横に作業机を置き、そこでひとり作業をするのが日課だ。畳を敷き詰めた六畳の居間には、ちゃぶ台と小さな食器棚がひとつ。ひとりには十分な広さだが、今日はどうも狭く見える。

というのも外はいい天気だというのに、居間には食器棚の上からラジオをちゃぶ台に移動させて、アイスを片手に寛(くつろ)ぐ男が三人いる。中学の頃からの同級生で、まだ二十歳を過ぎたばかりの親友たちだ。

　大きな体で狭い居間を占領していて暑苦しい。それでも帰れという気にならないのは、中学一年生で引っ越してきたとき、ひとりで心細かった正蔵に声をかけてくれたことを今でも感謝しているからだった。

　その頃から手先が器用だった正蔵が、クラスでリーダー的存在だった天野真幸(あまのまさゆき)のラジオを修理したことをきっかけに、彼らの信頼を得て四人の付き合いは始まり、それは学校を卒業した今でも変わらない。

　あの頃彼ら三人が毎日遊びにやってきたおかげで、ひとりぼっちになることを心配していた養父母を安心させることが出来た。夕食の席での会話にも事欠かなかった。きっと彼らがいなかったら、養父母ともあれほど早く打ち解けられなかっただろう。彼らのおかげでクラスにもなじみ、楽しい学生生活を過ごせた。

　しかし真幸たち三人は日曜日で休みだが、正蔵の時計店は日曜日も営業のため、ひとりだけ仕事をしていた。ときどき団扇(うちわ)で扇(あお)ぎながら、三人に背中を向け机に向かって作業を続ける。

　真面目(まじめ)が取り柄で近所でも評判がよい正蔵は、「先代に店を任された以上、期待に背(そむ)くわけにはいかない」が口癖だというのも有名な話だった。いつか養父母に恩返しをしたいとこつこつ地道に働く正蔵の姿を視界の端に入れつつ、しかしそんな正蔵の気持ちなど興味もないという風に、三人はもう数時間ゴロゴロしている。

「なぁ、さっさとテレビを買ったらどうだ」

人の家だというのに、真幸が正蔵に向かって声をかけた。

「そんな金どこにもないよ」

作業する手を休めることなく、正蔵は背中越しに言い返した。「そういうお前の家だってラジオしかないだろ」とは言わないでおく。仕事中に聞きながら作業するにはラジオがちょうどいい。それに、そんな余裕があるくらいなら、もう少し休みを取っている。真幸はシャツ一枚の姿で、団扇でパタパタと扇ぎながら「そりゃそうだ」と笑っていた。

それでも四年後に迫った東京オリンピックはテレビで観たいと三人が言い出した。そして正蔵に買えとまで。

もちろん正蔵も出来るものならそうしたいと思ってはいるが、富豪でもあるまいし、一般庶民がテレビなどそう簡単には買えない。これ以上返上する休みもないので、こつこつ働くしかないなと心の中で呟いた。

「で、そのオルゴールはいつ出来上がるんだ。早くしないと彼女は嫁に行ってしまうぞ」

「真幸には関係ないだろ。それに別に引き留めようとは思ってないよ」

正蔵には想いを寄せる人がいた。しかしその想いを伝えることは出来ない。相手は良家の令嬢で、結婚も決まっている。たまたま店に来たときに、彼女が気に入ってくれたこのオルゴールを、せっかくなので嫁ぐ前に完成させて、記念に贈りたいと思っているだけ。

「彼女の好きな桜まで彫ってるくせに」

「先に彫ってた桜を彼女が好きだっただけで、偶然だよ」

たまたま目にした桜を彫刻したオルゴール。彼女が桜を好きだと言ったときは正直運命かと思った。しかしそこで浮き足立つほど、正蔵は身の程知らずではない。

「正蔵、後悔はするなよ」

真幸の言葉に小さくため息を吐き、ルーペを外して目頭を解すと、まだゴロゴロしている三人を振り向いた。

「大きなお世話だよ。で、三人揃ってせっかくの休みになにしてるんだよ。また悪いこと考えてるんじゃないだろうな」

「そ、そんなわけないだろ。ガキの頃ならまだしも、俺たちもいい大人だぜ」

「それならいいけど」

三人は悪がきがそのまま大人になったような顔で目配せし合う。幼い頃から兄弟のように育った彼らの、あうんの呼吸にはついていけないこともある。そして今がまさにそのタイミングだった。

さっきまでこそこそと話をしていたと思ったら、急に正蔵に話を振ってくる。こういうときは正蔵には聞かれたくない話をしていて、聞こえていなかったか探りを入れているときが多い。それならここに集まる必要はないと思うのだが、それでも正蔵のそばにいつも集まるのは、正蔵のことを仲間だと思っているからなのだとわかる。

「もうこんな時間か、俺そろそろ行くわ。アイスごちそうさま」

「じ、じゃあ、俺も。これ以上仕事の邪魔するのも悪いしな」

「それなら俺も」

そんなに人のことを気遣う奴らだったか、と思わなくはない。どうせまたなにか思いついたのだろう、と正蔵はため息を吐いた。

飲みに行くつもりなのであれば、正蔵は酒を飲まないので、どうせ誘っても断るのがわかっているから黙っているのかもしれない。そうでなければ止められるようなことをしようとしているかだ。どのみち詮索（せんさく）したところでいいことなどなにもない。

「羽目（はめ）を外し過ぎるなよ」

出て行く三人の背中を見送って、正蔵はまた作業に取り掛かった。


翌朝、正蔵は店を開けようと中からシャッターを開けた。途端に転がり込んできた三人に弾き飛ばされて尻餅をつく。一瞬なにが起こったのか理解出来なかったが、三人の慌（あわ）てた様子にただならぬものを感じた。

「正蔵、た、助けてくれ」

思わず今開けたばかりのシャッターを力いっぱい下ろした。三人がうずくまってがたがたと震えている様子に、とりあえず居間に上がるように促した。落ち着かせようと台所で麦茶をグラスに注ぎ、ちゃぶ台の周りに座る三人の前に置く。

昨日考えた悪巧みでなにかしくじったのだろうか、そんな考えが浮かんだ。すると真幸が一気に麦茶を飲み干して、口元を拭うと口を開いた。

「やっちまった……」

「なにをやっちまったんだ」

目の前にしゃがみ込んで問いただしても、「とんでもないことをしてしまった」とそればかり繰り返す真幸の背中を擦る。かなり動揺した様子で、肝心な内容を話すどころではなさそうだった。他のふたりは俯いたまま動くことすら出来ずにいる。

しばらく根気強く三人が落ち着くのを待った。幸い養父母は去年からこの近くに移り住み、今ここには正蔵ひとりが暮らしている。なにを話しても、誰にも聞かれる心配はない。

三〇分も経っただろうか、ようやく落ち着きを取り戻した真幸が顔を上げた。

「昨日の夜、ここを出てから三人で飲みにいったんだ。そしたらいつものスナックで、『金塊を持ってる』って女を口説いている男がいて……。酔った勢いで後をつけたら、丘の上の豪邸に入っていくじゃないか。俺たちは毎日汗水たらして働いてるっていうのに、あいつは毎日呑気に遊んで暮らしてると思ったら、無性に腹が立ってしまって」

そこまで聞いて、正蔵の背中を嫌な汗が流れた。

正蔵は会ったことはなかったが、丘の上の豪邸には無類の資産家が住んでいるというのはこのあたりでは有名な話だ。しかし腹が立ったからといって、どうにか出来る話ではない。もちろん酒を飲んでいたというのも言い訳にならない。

三人は家の灯りが消えるのを待って、豪邸に忍び込んだという。

「金塊を一目拝んでやろうと思っただけだったんだ。だけど金庫を開けた途端にそいつが入って来て……」

「それでどうしたんだ！」

思わず真幸の肩を両手で掴(つか)んだ。驚いた真幸は目を泳がせながら今にも泣きそうな顔をしている。

「つい、近くにあった花瓶で殴っちまった」

そこまで聞くと、正蔵は絶望的な気持ちで言葉を失った。

倒れて動かなくなった住人がどうなったかはわからないと聞いて、正蔵も動揺を隠せない。

「どうしよう、正蔵」

「どうしようって言われても……」

そこでつけっぱなしになっていたラジオから、臨時ニュースが流れ出した。四人で一斉にラジオに耳を傾ける。

「ここで番組の途中ですが、ニュースをお伝えします。昨夜遅く、梅が丘の資産家の家に強盗が入り、金品を盗んで逃走する事件が発生しました」

淡々とニュースを読むキャスターの声に気が遠くなりそうだった。少し落ち着き始めていた三人がまた体を小さくして震え上がる。出てくるのは「どうしよう」という言葉ばかり。

しかしどうしようと言ったところでなにも解決しない。正蔵に言えることは「自首したほうがいい」それだけだった。

殴った相手のことまではわからないが、どうせ計画性もなく押し入ったのだから、証拠は山ほど残っているだろう。ニュースでは資産家が亡くなったとは言わなかった。恐らくまだ生きている。もしかしたら三人のうち誰かの顔を覚えていても不思議はない。罪は罪だが、逃げ続ければそれだけ心証も悪くなる。

「やっぱりそうだよな。自首、するしかないよな」

真幸が呟く。元はそんなに悪い奴らじゃない。それは正蔵が一番よくわかっている。

それに、こんなときだというのに、酒が抜けて正気に戻り、怖くなって自分を頼って来たことは、正蔵にとっては嬉しさのほうが勝っていた。出来ることはなにもないが、せめて自首するなら警察に一緒についていくくらいはしてやろうと思った。

しかし正蔵がそれを伝えるとさっきまでとは違い、腹を括ったらしい真幸が大きく首を横に振ってきっぱりと断った。その目にはもう動揺は見られない。真幸の顔を見たふたりも大きく深呼吸をして頷いた。さっきまでの彼らなら、自分たちからついてきてくれと言いそうだと思っていたのに。間違って正蔵まで捕まることを心配してくれていた。親友のためなら、と言いたいところだが、正蔵には先代から受け継いだ時計店がある。さすがにそれは言えなかった。

ただ真幸たちの願いは、捕まった後、家族のことを頼むということだった。まだ結婚こそしていなかったが、彼らにも親や兄弟がいる。こんな大事件を引き起こしたとなれば、家族にはこれから辛い生活が待っているだろう。

正蔵は、後のことは全て任せろと請け負う。その言葉を聞いた真幸は作りかけのオルゴールを手にして、「これ、必ず彼女に渡せよ」と泣き笑いの様な表情で言った。

強く頷いた正蔵に真幸も同じように頷き返した。

正蔵は、そのまま肩を寄せ合って「警察に行く」と出ていった三人を見送った。

第一章　親友の不運

1

「先生、なに読んでるんですか」

　純喫茶ルパンでアルバイトをしている藤岡珠美(ふじおかたまみ)は、いつものように一番奥の席にコーヒーを運ぶ。ゴールデンウィークだというのに一日も欠かさず、最終日の今日も朝からやってきて、なにやら分厚い資料のようなものを読んでいる男に声をかけた。

「あ、たまみん。ありがとう。これ？　仕事の資料だよ」

「たまみんじゃありません。珠美です」

「珠美ちゃんだからたまみん、ね」

　毎日のようにこういうやりとりをしてきたけれど、そろそろ諦(あきら)めたほうがよさそうだと珠美は最近気づき始めていた。近くの席でコーヒーを飲む常連客が、微笑(ほほえ)ましいとでも言いたげにその様子を笑っている。

しかしたまみんと可愛く呼ばれても、もう二十二歳のれっきとした大人だ。ただ一五三センチと背が低くて童顔なせいか、それとも前髪を眉毛の上で切り揃えているせいか、いまだに高校生に間違われることもある。一度背中まで伸ばしたことのある髪も、常連客の「短いほうが可愛い」の一言で切り、それ以来肩を越えることはなくなった。

先生と呼ばれた男はコーヒーの香りを吸い込んで微笑むと、ゆっくりと口に含む。その姿を見るのが珠美の毎日の楽しみのひとつでもあった。本人は無意識のようだけれど、コーヒーをどれほど好きかがよくわかる仕草は提供する側の気持ちをよくさせる。

ここルパンは珠美のおじいちゃん、藤岡源次郎（ふじおかげんじろう）が、その父親から受け継いだ純喫茶だった。

道路に面して横長の店は、カウンター席が五席と南向きの大きなガラス窓に面して四人掛けのテーブルが五卓並んでいて、朝の心地好い陽射しが出勤前の客を温かく包むと喜ばれている。年季の入ったテーブルは、傷こそ多いが手入れの行き届いたアンティークといった趣（おもむき）で、落ち着くところが子供の頃から気に入っている。しわひとつないシャツに蝶ネクタイをしているおじいちゃんが、静かにコーヒーを淹れている姿がとても好きで、子供の頃からカウンター席に座ってはずっと眺めていた。

ルパンの名前の由来ははっきりしないけれど、多分本が大好きだった曾祖父が、アルセーヌ・ルパンにちなんでつけたのだろうと言われている。珠美のおじいちゃんはこの名前にこだわりもなく、特に気にならないという。

珠美の父は喫茶店のマスターに興味がなくサラリーマンになってしまったので、おじいちゃんの次は、珠美がルパンを継ごうと思っている。両親には反対されたけれど、珠美に甘いおじいちゃんを口説いて、なんとか説得に力を貸してもらった。珠美が継ぐと意思表明したとき、常連客のみんなもたいそう喜んでくれていたので、両親も結局みんなの意見に押されて強く反対出来なくなったのかもしれない。それに父には自分が継がなかった負い目もあっただろう。

そんなわけで、珠美は週末は朝から、平日は製菓学校が終わってからこの店でアルバイトとして、まだまだ修業の毎日を送っている。

いつか自分で作ったケーキをコーヒーと一緒に販売したいと、四月から製菓学校にも通い始めた。二年間みっちり製菓の基礎から学ぶ予定で、毎日実習に取り組んでいる。

ただ作ったケーキ等を食べ過ぎて、体重が少し増えたことは誰にも言っていない。

そこまでしてどうしてルパンを継ぎたいのか、それは就職しないと宣言したときによく聞かれた。本当なら高校を出てすぐに製菓学校に行くべきだったのだけれど、高校生の頃はまだ自分がなにをしたいのかよくわかっていなかった。そのためみんなと同じように大学に行き、就職活動をする時期になって、サービス業や飲食業にばかり目がいくようになった。そこで初めてルパンを継ぎたいのだと気が付いた。

改めて製菓学校に行くと言ったとき、両親は驚いていた。しかしきちんと資格を取り、ルパンの次期経営者になりたいという珠美の思いが本物だとわかり、認めてくれた。

珠美は生まれ育った桜川という名のこの街が好きだ。毎年春になると近くの桜川沿いに咲き誇る桜並木が好きだ。そしてその桜並木沿いにある桜川商店街が好きだ。

いつ客が入っているのかよくわからないけれど、行くたびに変わった品物が増えている骨董品店。いつも居眠りをしているのに情報通で、近所でなにか起こると一番先に駆け出していくおばさんのいるタバコ屋。新鮮な旬の野菜をおまけしてくれる八百屋。時計からオルゴールまでなんでも修理してくれる時計店。中でも時計店の正蔵は、珠美を自分の孫のように可愛がってくれている。幼稚園児のときに折り紙の折り方を教えてくれたのも、手先が器用な正蔵だった。そんな魅力的な人で溢(あふ)れるこの街を、離れることは考えられなかった。

けれど一番の理由は、おじいちゃんが淹れるコーヒーが美味しいこと。おじいちゃんの自慢は戦後コーヒー豆の輸入が再開されたとき、曾祖父が一番に店を開けたことらしい。

平成生まれの珠美には、戦争と言われてもぴんと来ない。しかしそれだけ歴史のある喫茶店だけに、おじいちゃんの代で閉めてしまうのはもったいない。

ここには癒しを求めてやってくる人たちが大勢いる。その人たちのためにも珠美が引き継ぎたいと思ったのだった。まだまだおじいちゃんの味を修得するには時間がかかりそうだけれど、いつか負けないくらい美味しいコーヒーを淹れたいと思っている。

珠美はルパンの店内をゆっくりと見渡す。お客様の飲む顔は美味しさのバロメーターで、どうやら、今日もおじいちゃんのコーヒーの味は健在のようだった。

そして珠美がひと月ごとにメニューを替えて無償で提供し始めたケーキも、なかなかの評価を得ている。

先月のシフォンケーキは最初膨らみが甘かったけれど、今月のガトーショコラは、最初から評判がよかった。たいてい一番に食べてもらうタバコ屋の富さんの表情が合格だと言っていた。甘いものに目がない富さんの評価は信用出来る。近くの老舗和菓子屋のおじさんも、新作和菓子を作るたびにタバコ屋の富さんに味見してもらっている、というのはこの桜川商店街では有名な話だ。

そして美味しそうに食べてもらえると、次はなにを作ろうかと考える楽しみが増える。

珠美は本日ラストひとつになったガトーショコラを、せっかくなので先生のところにも運んだ。

「先生もいかがですか」

「あ、甘い香りがすると思ったら、ガトーショコラか。いただこうかな」

ケーキを置くスペースを開けようと、先生が手元の書類を閉じた。ちらりと見えたその表紙は少し黄ばみ、一九六〇年と書かれている。

「やけに古い日付ですね」

「今度の作品の参考にしようと思って借りてきたんだ。資産家強盗致傷事件。意外と近いところで起きたんだよ」

そんな物騒な話をするその人は、高峰昴という名のミステリー作家だ。

彼を捜しにやってくる担当編集者が「先生」と呼んでいるから、いつの間にか珠美もおじいちゃんも、そして常連客のみんなも先生と呼ぶようになった。

肩まである髪には寝癖のおまけつきで、無精髭にジーンズとシャツ姿。どこからどうみても人気作家には見えない。この見た目の胡散臭さのおかげで、つい忘れそうになってしまうけれど、こういう話をするときはプロの顔つきになっている。珠美は読んだことがないけれど、いくつか賞も取っているらしい。

「へぇ、知らなかった。近くってどこですか？」

「梅が丘だよ」

「えっ、本当にすぐ近くじゃないですか。それに『資産家強盗致傷事件』なんて言われると、なんだか凄い事件って感じで怖いです」

事件現場があまりに近い場所だったので、詳しく知りたくなって先生の前の席に座った。

「たまみんがそう思うのも無理はないよ。資料によると資産家の家に強盗が押し入って、金庫から金塊を盗んだ上に、気づいた住人を殴ってケガまでさせたらしいから」

「ケガした人は大丈夫だったんですか？」

殴られた人のことを想像すると、なぜか珠美まで痛い気がして表情が歪む。

「たいしたケガじゃなかったみたい。それに犯人もちゃんと捕まってるから安心して」

「よかった」

心底ほっとして体の力が抜けた。その様子に先生は面白そうに笑う。

「このあたりは昔から治安のいい地域みたいだし、この事件以来テレビや新聞を賑わせるような事件は起きてないから、初めて聞いたら衝撃的だよね」

「そうですよ。桜川沿いでお花見をしてる人が、酔ってケンカしたって話くらいしか聞いたことないんですから」

「まぁ、たまみんも僕も生まれるずっと前の話だから。マスターならなにか知っているかもしれないけどね。あ、ケーキ美味しいね」

先生はガトーショコラを一口食べると、なんでもないことのように言う。

「ありがとうございます」

梅が丘は桜川の隣、ゆったりとした丘を登り始めるあたりから、丘の上まで高級住宅が建ち並ぶ地域。梅が丘という名前なのに、丘の上には立派な桜の木が一本立っていて、梅の木はあまりない。だから桜が丘でもよかったのではないかと珠美は子供の頃から疑問に思っていた。おじいちゃんにそれを言うと、昔は梅の木もたくさんあったのだと教えてくれた。生まれ育った街のことなのに、意外と知らないことが多い。

チラリとおじいちゃんのほうをうかがうけれど、珠美たちの声は聞こえていないらしく、カウンターの中に座って新聞を読んでいた。

「あ、ゆっくり情報を集めて書くつもりだよ」

その言葉は、無理におじいちゃんから聞き出すつもりはないということだ。そして珠美にもそうするように促しているような気がした。珠美は好奇心旺盛な性格をしている。先生に止められなければ、今すぐにでもおじいちゃんに尋ねてしまっていたかもしれない。

「わかりました。勝手に聞いたりしません」

「ありがとう。マスターに聞けば早いのかもしれないけど、長くここに住んでいる人だからこそ、無神経に聞いていい話じゃないと思うんだ。辛いことを思い出させる可能性もあるからね。でもどうしてもマスターの協力が必要なときは、たまみんも手伝ってね」

土地の名前の由来も知らないのだ。珠美が知らないだけで、もしかしたらおじいちゃんが事件の関係者と知り合いだったということもあるかもしれない。万が一犯人や被害者がおじいちゃんの友達だったら、そう思うと安易に聞かないのは先生なりの配慮なのだということはわかる。

「でもどうして急にそんな昔のことを調べ始めたんですか？」

ふとそんな疑問が浮かんだ。

「最近読んだ雑誌に、この事件の犯人たちのことが載っててね。最後のひとりが亡くなったって書いてあったんだよ。それでちょっと興味が湧いてね」

「私だったらスルーしちゃうかも」

近くで起きた事件ということは気になるけれど、犯人の最後のひとりと言われても、珠美ならあまり興味を引かれない。そこは小説家の嗅覚が働いたと言うべきかもしれない。

「それだけだったらそうかもしれないんだけど、そのときに盗まれた金塊がまだ見つかってないらしいんだよね。犯人が白状した場所になかったって、気にならない？」

そう言われると、先生が興味を引かれるのもなんとなくわかった。確かにその金塊のありかは気になる。ただ小説の中の話なら面白そうだけれど、実際に起こった事件だと思うと怖い気もする。珠美の表情から胸中を察したのか、先生が苦笑した。

「そんな怖い顔しないで。凶器を持った強盗犯が今もうろついてるわけじゃないんだから。もう三人とも亡くなってるんだよ」

「そうですけど……」

「それにこの話をそのまま書くわけじゃない。僕が書くのはあくまでもフィクション。そんなに重い話にはしないよ」

そう言って先生は珠美を安心させるように微笑んで、いつも本を書いているときのような真剣な顔つきに戻った。

先生が普段どんな話を書くのかは知らないけれど、テレビでよくある二時間サスペンスのようなドロドロした話を書くようには見えない。そしてこれは珠美の勝手な意見だけれど、出来れば書いて欲しくない。

そんな風に珠美が思っていることなどお構いなしで、先生はテーブルに頬杖をつく。

「たまみん、また手伝ってね」

「たまみんじゃないです」

からかっているのか気があるのかわからない。ウインクをして微笑んだ先生を残して席を立ち、珠美は足早にカウンターに戻った。

手伝いといっても、珠美は小説を書く手伝いなど出来ない。あくまで先生の書く作品の情報収集に付き合う程度。たまに突拍子もないことを言って先生を驚かせているようだけれど、それがどう作品に影響しているかは知らない。遠出をするときも、美味しいものを食べて遊んで帰っているだけで、先生がどう思っているかもわからない。ただたまに、デートみたいだなと思うこともある。

それでも先生を好きかと聞かれたら、微妙としか言えない。先生は背は高いし、顔も悪くない。嫌いじゃないけれど、いつものだらしない先生の姿には正直ときめかない。せめてもうちょっと髭の手入れをしたり、寝癖を直したりすれば、少しはときめくかもしれないのに。ただ、ときめいてくれとも言われていないけれど。

確か珠美より八歳年上の三十歳くらいで、顔がいいとはいっても珠美からすれば十分おじさんに見える。ないな、と珠美は自分のことを棚にあげて思う。

対する珠美も不細工ではないと思う、多分。少し背は低いけれど、肩までの髪が自然に纏(まと)まる天然パーマは気に入っている。それにばっちりメイクをしなくても大きな目が、最大のチャームポイントだと思っている。笑うと出来るえくぼも評判がいい。一度だけだけれど彼氏がいたことだってある。だから自分でも多分上の下、いや中の上、くらいだと思っている。

そんなことを考えながら、カウンターに入って洗い物をしようとしたときだった。

「大変よ！」

勢いよくルパンのドアを開けて転がり込んできた人物に、全員が視線を向けた。その人はタバコ屋の富さんだった。

「どうしたんですか？」

珠美が水の入ったコップを差し出すと、富さんは一気に受け取ったグラスの水を飲み干した。そして乱れた息を整えるように胸に手を当てて、おじいちゃんのいるカウンターに身を乗り出した。

「正蔵さんの店に強盗が入ったの！」

そういえばさっき微かにパトカーのサイレンらしき音が聞こえたような気もする。しかし、こんなに身近な場所で事件が起きているとは思いもしなかった。

「正蔵さんは大丈夫ですか」

正蔵は毎日のようにコーヒーを飲みにやってくる常連客のひとりだ。

そういえば、いつも三時にはやってくるのに、すでに時計の針は四時を指そうとしている。そしていつも一緒に来る骨董品店の柴田の姿も今日はまだ見ていない。

「詳しくはわからないんだけど、ケガしたみたいで救急車で運ばれていったの」

「それは大変だ！」

エプロンを外してカウンターを出ようとするおじいちゃんを、富さんは両手を広げて通せんぼでもするように引き止めた。

「大丈夫よ、柴田さんが付き添ってくれたから。落ち着いたらここに連絡くれることになってるの」

「そうですか」

おじいちゃんは心配そうではあるけれど、少しホッとした様子でもう一度エプロンをつけた。そして事件を知らせに来てくれた富さんのために、静かにコーヒーの用意を始めた。

富さんがカウンター席にゆっくりと腰を下ろし、震える手で持っていたグラスをカウンターに置く。その様子を珠美はなにも出来ずに見守っていた。正蔵が無事でありますよう

に と祈らずにはいられない。

「本当にびっくりしたのよ。うちから正蔵さんの店が見えるじゃない。急に『待て！』って大きな声を上げながら、正蔵さんが飛び出してきてすぐ倒れたの。思わず悲鳴上げちゃったわよ。そうしたら柴田さんが駆けつけてくれて、救急車を呼んで付き添ってくれたの」

富さんのタバコ屋と正蔵の時計店は斜め向かいに位置している。そして時計店の隣にある理髪店を挟んで骨董品店があり、この三軒は三角形のように位置している。きっとタバコ屋の店先でうたた寝をしていた富さんが、正蔵の声で目を覚まして、思わず飛び出し、そして倒れた正蔵を見て悲鳴を上げたのだろう。

そのときの慌てた様子が目に浮かぶ。そんな富さんの悲鳴に骨董品店の柴田が駆けつけたというわけだ。

「犯人、見たんですか？」

珠美は思わず前のめりになって質問した。

「ううん。逃げた後だったみたい。それにそんな余裕なかったわよ」

「富さんのせいじゃないんですから。それにしても、さすが柴田さん、頼りになりますね」

「本当に柴田さんが来てくれてよかったわ」

なにも出来なかったと言う富さんは、まだ興奮冷めやらぬといった感じで状況を説明してくれた。

「でも富さんが気付いてくれてよかった」

「たまみちゃんは正蔵さん大好きだものね」

「うん」

ホッと息を吐くと、富さんの後ろ、一番奥の席にいる先生の姿が目に入った。

こういうとき、いつもなら興味津々で聞き耳を立てているはずの先生が、口元に拳を当てて考え事でもしているように見える。もしかしたらなにか気になることでもあるのだろうか。珠美は先生がなにを考えているのか気になって仕方がなかった。

しかし先生のほうへ駆け寄ろうとしたところで、富さんのコーヒーが出来上がり、仕方なくミルクと砂糖を富さんの前に用意する。

コーヒーを出してからチラリと見た先生は、もうすっかりいつもの気の抜けた顔に戻っていた。そしてさっきの真剣な顔がウソのように、窓の外を見ながら欠伸をしている。

珠美はさっき先生とこのあたりでは事件と呼べるようなものはほとんど起きていないと話したばかりだったので、あまりにもタイムリー過ぎたことと、先生が真面目になにか考えているときの口元に拳を当てる仕草に、つい例の強盗事件と今回の事件がなにか関係があるのかと勘ぐってしまった。それでもすぐに、五十五年も昔の事件との関係を疑うのもおかしな話だと思い直した。

しかし珠美の予感は少なからず当たっていた。

翌日、思わぬ形で事件と関わることになったのだった。

2

少し前まで、酷い雨が窓を強く打っていた。

しばらくしてようやく静かになった頃、今度は閑静な住宅街に一際（ひときわ）高い犬の鳴き声が響いた。

時刻は午前一時。高い塀に囲まれた庭で、普段は大人しい愛犬の様子に違和感を覚えた男は、二階の寝室の窓を開けた。

「レオ、どうした」

男があたりをうかがうが、どこにも変わった様子はなかった。ただレオが塀に向かって何度も吠え、なにかを知らせようとしている気がする。

しかし、周囲は犬の鳴き声以外、車のエンジン音すらしない。男はその日、ゴルフの予定が朝から続いた豪雨によって中止になったせいで機嫌が悪かった。犬の唸り声がイライラを増長させる。

「なんなんだよ、全く」

思わず愚痴が出るのも仕方がない。

隣人は五月二日から家族旅行に出掛けているらしく、灯りひとつついていなかった。庭のいたるところに水溜りが出来ている以外は、いつもと変わらない静かな夜。いや、連休特有の静か過ぎるといってもいい夜だった。

「なにもないじゃないか、静かにしなさい」

抗議のためか、ひと鳴きしてレオは静かに小屋に入っていった。その様子を確認して、男は今度こそ窓を閉めた。

「近所から苦情が来たらどうするんだよ、全く」

「どうしたんですか」

「いや、レオが珍しく吠えてたんだ」

カーテンを閉めると同時に寝室に入ってきた妻が、イライラする男の様子に怪訝な表情を見せた。老齢のレオは近頃では散歩にも行きたがらないほど、静かに時を過ごしているのに。今夜のように吠えるのは珍しかった。

「どうしたんでしょうね」

男がゴルフに行けなかったことを、心の中で笑っている妻にもイライラして仕方がない。

「窓の外を見たがなにもない。猫でも紛れ込んだんだろう」

不機嫌な返答にこれ以上話をすることを諦めたのか、「そうですか」と一言だけ答えて妻は静かにベッドに入った。

しばらくカーテンの隙間（すきま）から外をうかがってみたが、やはり気になる音はしない。やはり猫だろうと自分に言い聞かせて男もベッドに入り、サイドテーブルの灯りを消した。


*****

ゴールデンウィーク最終日の六日午後。四日ぶりに旅行から帰ると、西畑佳代（にしはたかよ）はなぜだかホッとした。

連休を利用し、両親と祖母、それに佳代の四人で北海道に行っていた。佳代と同じように佳代の母も「やっぱり我が家が一番ね」と上機嫌に靴を脱ぐ。旅行中一番はしゃいでいた人の言葉とは思えなかったけれど、旅行の楽しさとは別に自宅が一番落ち着くというのはみんなの共通意見だった。

そして旅行の余韻に浸ることなく、旅行中の洗濯物をすぐに出すようにと言いながら、母は初めにリビングのドアを開け、一瞬の沈黙の後、悲鳴を上げた。

「キャー！」

「なんだ、どうしたんだ？」

普段大きな声など出さない母の声に驚いて、何事かと父がリビングに飛び込み、恐る恐る佳代もその後ろに続いた。するとそこには旅行前とは全く違う光景が広がっていた。リビングの窓が割られ、引き出しという引き出しが荒らされている。

「泥棒……」

佳代は呆然と呟く。テレビドラマでしか見たことがないけれど、それはまさにそう呼べるものだった。

「お、お父さん、警察警察！」

「一一〇番って何番だ」

「ふたりとも落ち着きなさい」

動揺を隠せない両親が右往左往する中、戦時中生まれの祖母だけが毅然とキッチンに入りお湯を沸かし始めた。湯飲みを食器棚から取り出し、お土産の中からお茶菓子を用意している祖母の姿が視界に入ってはいるけれど、佳代は呆然と立ち尽くしたまま動けなかった。そして緊張した空気を破るような、お湯が沸いたことを知らせるやかんの音にようやく我に返った。震える指でスマホを取り出すと、一一〇番をタップする。

『一一〇番です。どうされました。事件ですか、事故ですか』

「泥棒です。旅行から帰ってきたら、家の中がめちゃくちゃで……」

動転している両親に代わって、佳代が声を裏返らせながらもなんとか警察を呼んだ。スマホを持つ両手の震えが止まらない。いつの間にか気を失って倒れた母を、父と一緒に協力してソファに横たえた。

「家の中を調べてくるから、ちょっとここで待っていなさい」

父はそう言うと、玄関においてあったゴルフクラブを取りに行き、家中のドアというドアを開けて調べ始めた。そして一階が済むと二階も調べてリビングに戻ってきた。

「お父さん、どうだった？」

「佳代の部屋以外めちゃくちゃだ」

がっくり肩を落とした父にかける言葉が見つからない。

「そう……。お茶を淹れたから、これを飲んで少し落ち着きなさい」

祖母が湯気の立つ湯飲みをテーブルに置いた。

ソファに座り、祖母が淹れてくれたお茶を一口飲む。自分の部屋が荒らされていないと聞いてわずかに安心した。しかしその他が荒らされたということは、両親の部屋の貴金属類も持って行かれたに違いない。リビングを見ただけで倒れた母は、きっと寝室を見たらまた倒れてしまう気がする。

楽しかった家族旅行が、泥棒のせいで全て台無しになってしまった。けれどいつも留守番をする祖母が、今回は一緒に出掛けていてよかった。きっと両親もそう思っている。

ホッとしたところでパトカーのサイレンが聞こえてきた。

「もう来たのか」

「すぐ来てくれて喜ぶところだよ」

お茶のおかげで少し気持ちが落ち着いた。しかしこれからいろいろ警察が調べ始める。

間違いなく旅行疲れを癒す時間はなさそうだ、と佳代はため息を吐いた。

＊＊＊＊＊

ゴールデンウィークが終わって、いつも通りの日常が戻ってきた。外回りのサラリーマンや町内を散歩してきたというお年寄りで賑わうルパンも例外ではない。

珠美が三時頃に製菓学校を終えてルパンにやってくると、カウンター席で富さんがコーヒーを飲んでいた。

「ただいま。富さんいらっしゃい」

「あら、珠美ちゃんおかえり。学校どうだった？」

富さんは誰よりも珠美の上達を気にかけてくれている。

「いい感じだよ。ちょっとコツがわかってきた気がするんだ」

「それは頼もしいね。そうだ、来月はチーズケーキが食べたいわ」

「わかった。楽しみにしてて」

コーヒー代をカウンターに置くと、富さんは店番の時間だと言って帰っていった。

「おじいちゃん、見た？　富さん昨日とは別人みたいだね」

「あれでもさっきまでは落ち込んでたんだ。昨夜はなかなか眠れなかったらしい」

富さんでもそんなことがあるのかと驚いた。けれどずっと近くで生活してきた仲の良い友達の家が強盗に入られたりしたら、落ち着いていられないのも無理はない。珠美には心配をかけないように、気丈に見せていたのかもしれない。

ようやく静かになったルパンで、珠美はカウンター席に座る。

製菓学校から直行してアルバイトをする前に、おやつ代わりに食べるトーストは、毎度のことながら格別だった。近くのパン屋が毎朝焼き立てを持ってきてくれる食パンを、厚めに切ってほんの少し焼く。そしてバターをたっぷり塗った上に、イチゴジャムやマーマレードを好みで載せて。サクッとした表面と中のもっちりした食感がたまらない。

至福のひととき、と頬を緩めていたのもつかの間。カウンターに置かれた新聞の記事に目が釘付けになった。そこには「星(ほし)が丘(おか)で空き巣発生」と書かれていた。

「おじいちゃん、今度は空き巣だって。最近強盗とか空き巣とか多いね」

テレビ画面の向こうの出来事のように日々やり過ごしてきたけれど、こうも近くで連続で起きるとやはり気味が悪い。トーストをかじり、いつものカフェオレを飲みながら、おじいちゃんが幸せそうにコーヒーを淹れている姿に視線を移した。

「物騒だな。珠美も学校の行き帰りは気を付けなさい」

「うん。あ、星が丘って佳代の家のあたりかも」

住所を細かくは覚えていないけれど、電車に乗ればひと駅の距離にある星が丘は、親友の佳代が住んでいるところだった。梅が丘といい、星が丘といい、このあたりで丘とつく場所は豪邸が建ち並んでいて、彼女の家も例外なく大きな家だったのを覚えている。初めて佳代の家に入ったときは吹き抜けの玄関に驚いた。下町育ちの珠美とは住む世界が違うと思ったものだ。

「佳代ちゃんの家じゃないといいがな」

「うん。でもゴールデンウィークで旅行中に入られたんだって。犯人と鉢合わせしなかったのが不幸中の幸いだよね」

おじいちゃんの言葉に、新聞の文字を目で追いながら珠美は答える。

犯人と鉢合わせしたために殺された、そんな話もよくあると聞く。昨日先生が読んでいた資料にも、強盗と鉢合わせした住人がケガを負わされたと書いてあった。

そこまで思ってふと親友の佳代も、ゴールデンウィークは旅行すると言っていたことを思い出した。確か行先は北海道だったと聞いている。とはいえゴールデンウィークに旅行に行く家庭など、日本中に何万もある。そう珠美は自分に言い聞かせてみるけれど、一度思いついてしまうと胸がドキドキと早鐘を打った。

昨日の午後、商店街の時計店に押し入った強盗と鉢合わせした正蔵がケガをしたばかりなのも、その胸が騒ぐ理由のひとつだった。

救急車に乗って付き添った骨董品店の柴田から、たいしたケガではないと連絡をもらうまで、生きた心地がしなかった。珠美のおじいちゃんだって、店を放り出して駆けつけようとしたくらいだ。大切な人になにかあったら辛い。

そんなことを考えながら、トーストを食べ終える。開いていた新聞を綺麗に畳み、制服に着替えてエプロンをつけると、珠美はおじいちゃんから渡された淹れたてのコーヒーを一番奥のテーブル席に運ぶ。

「先生、お待たせしました」

「ありがとう」

パソコンから顔を上げた先生は、コーヒーの香りを胸いっぱいに吸い込んで、微笑んでからカップに口をつけた。

「たまには自分の家で書かないんですか」

狭い店内で、毎日毎日テーブルをひとつ占領して、先生はパソコンに向かい小説を書いている。基本的にお年寄りの常連客ばかりで、満席になることの少ないこの小さな店には、これほど若い客は先生と珠美の友人だけ。だからおじいちゃんが喜んでいるので、あまりうるさく言わないようにしている。しかしそれをいいことに入り浸るのはどうかと思う。

ただ、一日に何杯もコーヒーの出前を運ばせられるよりはまし。そんなことになったらポットで持っていってやろうと思っているのは先生には内緒だ。

「ここが一番落ち着くんだよね。美味しいコーヒーも飲めるし。家には事件が落ちてないし。それにたまみんが一生懸命コーヒーを淹れる練習をしてる姿って、健気(けなげ)でぐっとくるんだよ」

珠美は思わず渋い顔になる。おじいちゃんのコーヒーを褒めてくれるのは嬉しいけれど、「家には事件が落ちてない」と言われても、こんなレトロな喫茶店にだって事件など落ちているわけがない。それに練習に必死で先生がコーヒーを淹れる姿を見ているとは思わなかった。

「ここに事件なんて落ちてると思います？」

「いや、わからないよ。常連さんたちの話の中にだって、ヒントは紛れ込んでいるかもしれないでしょ」

そういえば先生は、以前この店を舞台にした探偵小説を書いたと聞いたことがある。

「だけど人の話に聞き耳立てないでくださいよ」

「そりゃ無理だよ。皆さん、耳が遠いせいか声が大きいんだもん」

この喫茶ルパンはおじいちゃんの友達や町内会の人たちの憩いの場で、利用客の平均年齢は七十五歳くらいらしい。最高齢は八十六歳。先月ここでお誕生日会をしていたから間違いない。

元気なのはいいことだけれど、年々耳が遠くなっていらっしゃるのは確かだ。後、たまに集まる母の友達の主婦層なんかは、耳はいいけれどテンションが上がると声が大きくなる。みんなあの歳になるとそうなるものなのだろうか。仮にも飲食店にたまにお菓子を持ってくるときは正直引くけれど、おじいちゃんがなにも言わないのでそのままにしている。

「でも先生も気を付けないと。あんまり家を留守にしてると、泥棒に入られますよ」

ふとさっき読んでいた新聞の記事を思い出した。町内のほとんどの人が、日中先生が家を留守にしていることを知っている。いつも窓際の席に座っているから、ルパンにいることも。先生の担当編集者に至っては、ずいぶん前から家に行かずにここに直接来るくらいだ。

「大丈夫だよ。盗られるものなんてないから」

「そんなのわかりませんよ」

先生の家に入ったことはないけれど、売れっ子作家なら狙われても不思議はない。

「どうしても盗みたいなら、締め切りを盗んでいって欲しいけどね」

先生が真剣な表情でそんな風に言い出したときは笑いそうになった。それが本当の願いなのだろう。けれどそんなもの盗めるわけがない。締め切りに追われる人気作家も、想像以上に大変だということだ。

「そんなこと言ってると、書いたばかりの原稿盗られちゃいますよ」

「それは洒落（しゃれ）にならないって言いたいところだけど、書けてないから大丈夫」

冗談で言ったのに、なんとも情けない返事が返ってきた。胸を張って言うことかどうかはさておき、笑顔で言い切る先生にさすがに笑ってしまった。

「あ、出版社の人だ」

「ウソ！　いないって言って！」

さらにいたずら心で窓の外を指さすと、先生はどれだけ編集者が怖いのか、慌ててテーブルの下に隠れる。その姿は本当におかしかった。一八〇センチはゆうに超えているだろう身長をいくら折り曲げたところで、頭が全然隠れていない。そんなに怖いならちゃんと期日までに作品を書き上げればいいのにとさえ思う。

「冗談ですよ」

「もぅ、勘弁してよ。たまみん……イテッ」

先生はおでこをテーブルの角にぶつけながら立ち上がった。おでこを擦りながら、担当編集者がいないとわかって安心したのだろう。鼻歌を歌いながら、パソコンの前に再度腰を下ろした。

　しかも三十歳のおじさんのくせに、テーブルに頬杖をついて上目遣いで珠美を見てくる。そうすれば珠美が黙ると思っているからずるい。実際、珠美は先生のこの甘えたような表情には弱くて、不覚にもときめいてしまいそうになる。相手は三十歳のおじさんなのに。珠美も一応年頃の女の子なのだ。そんなことをするなら、せめて髭ぐらい剃ってからにして欲しい。

　そのときだった。

「いらっしゃいました～！」

　入口のドアにつけられたベルの鳴る音と、元気のいい声が店内に響く。珠美は入口に目を向けた。自分でいらっしゃいましたと言って入ってくるのは彼女しかいない。

「佳代ちゃん、いらっしゃい」

　おじいちゃんはもうひとりの孫でも来たみたいに目じりが下がっている。

　声の主はおじいちゃんのお気に入りで、珠美の親友の佳代だった。

　胸の前で両手を千切れそうなくらい振る仕草が、小動物のようで相変わらず可愛い。その姿は珠美と同じ二十二歳には見えない。ただ幼く見える珠美と違って、きちんと社会人に見えるのに可愛らしくて、そんな仕草も嫌味じゃない。それも全て、笑うとなくなるあの大きなたれ目のせいだと常々羨ましく思っている。珠美にとって自慢の親友だ。

珠美が先生に「頑張って」とだけ言って背を向けると、佳代はすでにおじいちゃんにいつものカフェオレを注文していた。そして珠美がカウンターに戻るよりも先に、佳代はカウンター席に座る。カウンターに腰掛けた佳代の、白くすらりとした足がまぶしい。珠美はあんなに短いスカートははかない、いや、はけない。足が太いわけではないけれど、背が低いせいでバランスが悪いだけだと思うことにしている。

「佳代、いらっしゃい。旅行どうだった」

そう声をかけた途端に、佳代のテンションが一気に落ちて驚く。なにか悪いことでも言っただろうかと考えても、心当たりはなかった。浮かない顔のまま、佳代は包みを差し出してくる。珠美がリクエストした、北海道土産といえば誰でも思いつくホワイトチョコレートが挟まったクッキーだった。

「これお土産。旅行は楽しかったよ。天気もよかったし、おばあちゃんも喜んでくれたし」

「ありがとう。でも、それならどうしてそんなにテンション下がってるのよ」

珠美は包装紙を外しながら暗い表情の佳代を覗き込む。

「たまちゃん、聞いてよ。実はね、家に帰ったら泥棒に入られてたの」

「えっ、もしかしてあの新聞に載ってたのって佳代の家だったの？」

「うん」

先ほどの空き巣事件の記事が脳裏に甦る。テンションが下がるのも納得だった。新聞にはどの家に入っただとか詳しいことは書かれていなかったけれど、ケガ人がいなかったことは不幸中の幸いだ、とさっきおじいちゃんと話したばかりだった。まさかそれが、本当に佳代の家だったとは。

「なにか盗られちゃったの?」

恐る恐る聞くと、佳代は肩を落としながら答えた。

「両親の部屋の現金と貴金属、それとおばあちゃんが大事にしてたオルゴールが盗られたみたい」

「オルゴール?」

珠美は思わず聞き返した。泥棒が盗むほどのオルゴールとは、いったいどんなものなのか。それに、現金や貴金属と同じようにショックを受けるということは、余程大切なものなのだろう。

「おばあちゃんが昔、初恋の人からもらった宝物なんだって。ないとわかった途端、それまで気丈に振舞ってたのに倒れちゃって。そのまま寝込んでるの」

そういうことなら佳代が落ち込むのも無理はない。佳代は昔からおばあちゃん子だったのだから。

「犯人はまだ捕まってないんだよね」

「うん。早く捕まって、オルゴールだけでも返して欲しいんだけどね」

現金や貴金属も返ってきたほうがいいけれど、佳代のおばあさんのオルゴールは何物にも代えられないもののようだった。

「でもどうしてオルゴールなんて盗んだんだろう。そんなに凄いものなの？」

「そんなことないよ。普通の宝石箱も兼ねたオルゴールで、宝石なんて入ってなかったし」

「そうなんだ……」

宝石が目的なら、中身を確認するはず。入っていないなら盗む必要もない。珠美には犯人が持ち去った理由がわからなかった。出来立てのカフェオレを佳代に出すと、珠美も佳代の隣に腰掛けた。

佳代が精神的に参っているのは、目の下のクマを見れば一目瞭然（いちもくりょうぜん）だった。おじいちゃんが淹れた湯気の立つカフェオレを、一口飲んでため息を吐く姿が痛々しい。聞けば旅行から帰ってホッとする間もなく、ホテル住まいをしているらしい。まだ警察が調べているため自宅にも帰れず、それでも日中は仕事にも行くので、気が休まる場所もないということだった。

「なにか出来ることない？」

ないとはわかっていても言わずにはいられなかった。おじいちゃんも佳代を不憫（ふびん）に思ったらしく「ルパンで良ければいつでもおいで」と声をかけていた。ふたりの気遣いに、佳代もわずかに頬を緩めて温かいカフェオレを飲む。

「ありがとう。明日少し荷物を出してもいいって言われてるんだ。着替えとかいろいろ必要でしょ。午後から半休取って帰ることにしたの」

「そうなんだ。解決するまで入れないのかと思ってた」

「本当はもう少し我慢したほうがいいのかもしれないけど、このままだと仕事に行けなくなっちゃうし。警察の人がついて来るのを条件にOKしてもらったの」

「あ、私も付き合おうか。ふたりのほうがたくさん荷物持てるし」

警察の人に手伝ってとは言えないはず。それに下着などを用意しているところを見られたくないだろう。女性警官が来てくれるということも保証出来ない。

「でも悪いよ」

「製菓学校が早く終わるから大丈夫。おじいちゃん、いいよね」

「あぁ、手伝ってあげなさい」

普段なら学校から帰るとルパンでアルバイトをするのだけれど、親友が困っているのだから、そっちが最優先だ。それくらいしか珠美にしてあげられることはない。

最初は遠慮していた佳代だったけれど、珠美の熱意に押されて「じゃあよろしく」と頷いた。それから少し旅行中の話をして、佳代は泊まっているというホテルに帰って行った。

カウンターに残されたカップを片付けながら、珠美はふと視線に気付いて顔を上げた。視線の犯人は、想像通り一番奥に座っている先生だった。ニヤリと笑みを浮かべながら手招きしている。こういうときは必ず良からぬことを考えているのだ。呼ばれたからには無視するわけにもいかず、仕方なく一番奥のテーブルに向かい、先生の目の前に座る。不審げに見てくる珠美を気に留める様子もなく、先生は嬉しそうに言った。

「事件が落ちてたね」

やはりそう言うだろうと思っていた。

実は昨日も、そんなことを言い出す気がしていたのだ。結果的に言うことはなかったけれど、もし時計店の正蔵の無事が確認される前に言い出していたら、二度とルパンに足を踏み入れさせないところだった。

「興味が湧くのはわかりますけど、私の友達をネタにしたら許しませんからね」

それだけは、いくら常連客と言えども許せない。珠美は先生を睨(にら)みつけた。

「別に彼女をネタにしようっていうんじゃないよ。ただ、オルゴールが気になってね。ちょっと調べてみたいなって」

「調べるって?」

もちろん珠美だって佳代を助けられるのであれば調べたいと思っている。けれどなにを調べたらいいのかさえもわからない。現実はドラマのようにはいかないのだから。しかし先生は構わず続ける。

「うん。ちょっとね。僕も明日たまみんと一緒に佳代ちゃんの家に行きたいなと思って」

「は？　なに言ってるんですか！」

　珠美は思わず大きな声を上げた。それでも先生は、明日佳代の自宅に行く珠美に同行したいと言う。そう言われても遊びに行くのではないし、疲れ切っている佳代にこれ以上負担をかけたくはない。手伝いに行くはずが、余計疲れさせては意味がないのだ。いくらアルバイト先の常連でベストセラー作家といっても、佳代にとって先生は部外者だ。それに、盗まれたものを小説のネタにしようとしている人なのだから、尚更連れていけるはずがなかった。

「彼女の許可さえ下りれば可能でしょ。ほら、もしかしたら少しは事件解決の手助けになるかもしれないし」

「そうかもしれませんけど……」

　確かに珠美ひとりが行くよりも、推理作家がいたほうがなんらかの手がかりを見つけられるかもしれないけれど……。どんどん先生の口車に乗せられているような気がする。

「あくまでも佳代の荷物を運ぶお手伝いに行くだけですからね？」

「わかってるよ。僕も手伝うから、ね」

　そう言って、また先生はテーブルに頬杖をついて上目遣いをする。こうすれば珠美がうんと言うのを知っているからずるい。珠美は甘えられると弱いのだ。特に先生には。

「……わかりました。でも佳代がいいって言ったらですよ」

「うん、だからたまみん大好きなんだよ」

誤解しそうになるからそういう言い方するの止めて欲しい、と珠美はため息を吐いた。

3

翌日、珠美が製菓学校からルパンに戻ると、約束していたはずの先生の姿はなかった。すでに時計の針は二時を指そうとしている。おじいちゃんに聞いても、今日はまだ見ていないという。

普段午前中から入り浸っているのに、今日に限って午後になってもいないとなると、なにかあったのかと心配になってきた。それにもう少しで佳代との約束の時間になってしまう。

先生は基本的に毎日のようにルパンに入り浸っているけれど、作品を書くために資料集めには力を入れているらしい。以前にも突然何週間もかけて地方へ出かけてトリックを考は思えない。

えていたことがあった。けれど、さすがに約束がある今日に限って遠くに出かけていると

「なにしてるんだろ……。二時にはコーヒーを飲んで待ってるって言ってたのに」

時計を見ながら時間を気にしていると、おじいちゃんがコーヒー豆を挽きながら笑い、

「空腹のせいでイライラするんだ。落ち着きなさい」とサンドイッチを作ってくれた。

今日は実習が午前中だったので、作ったケーキを昼休みに食べたきりで、きちんとした昼食を食べていなかった。いつ先生が来てもいいように、珠美はアイスカフェオレを作るとカウンターの一番手前の席に座り、サンドイッチを頬張る。もちろん視線はドアの外だ。

最後のひとつを頬張ったタイミングで、息を切らした先生が飛び込んできた。ドアベルが千切れそうなほど揺れている。

そして先生はカウンターに置かれた珠美のアイスカフェオレを一気に飲み干すと、ぶはー！　と息を吐き出した。

「それ、私のなんだけど」

そんなことを言っても、もうグラスには氷しか残っていない。唖然とする珠美とは対照的に、おじいちゃんはいつも通り優しい声でいらっしゃいと言うと、先生に冷たい水を差し出した。

「寝坊した！　なんでたまみん起こしてくれないの！」

「は？」

反論の言葉が見つからない。時計の針は約束の午後二時を少し過ぎている。それなのに、先生は今まで寝ていたということなのだろうか。それに辛うじて家は知っているけれど、カギを持っているわけでもないし、電話番号も知らないのにそれは理不尽というものだ。

「番号知りませんけど」

「家を知ってるんだから、おはようのちゅーとかして起こしてくれればいいのに」

「ちょっと待って。もしかして先生、玄関のカギ開けたまま寝てたんですか。ていうかもう午後二時ですけど」

「家にいるのにカギかけなくていいでしょ。しかも寝たの朝だったんだから。ていうか、ちゅーのくだりはスルーなの？」

ツッコミどころが満載過ぎて、そういえばそんなことも言っていたかもしれないと微かに思いつつ、そこまで気に留める余裕がなかった。そして二度目の「ちゅー」という単語を珠美はあえてスルーした。最近空き巣や強盗が多いと特に新聞を賑わせていて、しかもご近所でもそんな事件が起きているというのに、呑気過ぎて頭痛がする。

「信じられない」

「だってうちには来ないでしょ」

盗られるものがないのは昨日聞いている。けれどまだ犯人は捕まっていないのだ。しかも佳代の家からはオルゴールを盗んでいったというのだから、金目の物だけが狙われるとは限らない。

「どうしてそう言い切れるんですか」

「だってうちには盗るものないし。それにうちに入るなら、僕がここにいるときのほうが泥棒にとってもリスクが低いでしょ」

確かにそれはそうだ。しかしそんな呑気なことを言っている先生は、もしかしたらもう事件のことをなにか掴んでいるのかもしれない。寝たのが朝だったというのも、朝までなにか調べていたのだろうか。気になるけれど、聞いてもきっと話してくれないのはわかっている。だから今は佳代との約束を最優先することにした。他はその後で構わない。

そう結論付けて珠美が今すぐ出かけようとしたにもかかわらず、先生はのんびりした口調でカウンターにいるおじいちゃんにコーヒーを注文した。おじいちゃんも当たり前のように「かしこまりました」と答えてコーヒーを準備し始めた。

いつもは一番奥の席に座る先生が、カウンターの珠美の横に腰掛けて、先ほどおじいちゃんにもらった冷たい水を一気に飲み干した。それにしても美味しそうに飲む。

「約束の時間に遅れちゃいますから、早くしてくださいよ」

「わかってるけど、ちゃんと目を覚まして行かないとね」

「だったらもっと早く起きればいいのに」

「だって朝は苦手なんだもん」

可愛く甘えた口調で言われても困る。

「ていうかさっきも言いましたけど、もう二時過ぎてますけど」

「だからたまみんがちゅーして起こして……」

「あ～、はいはい。わかりましたから早く飲んでください」

先生の言葉を遮って、おじいちゃんが淹れたコーヒーを差し出した。ちゅーなんて恥ずかしくて聞いていられない。この全面的に珠美に甘えてくる人に、翻弄されっぱなしでどうにかなりそうだった。ただ、最近まんざらでもなくなってきている自分にも気付き始めている。

「そうだ、たまみん。連絡先交換しようよ」

「別に連絡する用ないですけど。それに先生ずっとここにいるし」

先生は間違いなく珠美よりもルパンにいる時間が長い。それに珠美はどちらかというと、電話よりも顔を見ながら話すほうが好きだ。相手の表情が見えたほうが話しやすい。

「そんなこと言わないで、今日みたいなこともあるじゃない。ちゃんと絵文字使ってね。可愛いスタンプとかも大歓迎。文字だけは絶対嫌だから」

「どこの女子高生ですか！」

そんなことを言いつつ、このまま拒否していると佳代との約束に遅れてしまうので、しぶしぶスマホを取り出して連絡先の交換をした。

「ほら行きますよ」

「わかったよ」

佳代は今日、職場を午後から休んで荷物を運ぶと言っていた。もう自宅に向かっているはずだ。

「あ、先生。今日は髭剃ってきたんですね」

いつもの無精髭が綺麗に剃られ、端正な顔が露わになっている。ぼさぼさの長髪も後ろで束ねられていて、初めて見る先生の姿に一瞬ドキッとしたのは内緒だ。普段の髭面姿からは想像出来なかったイケメンぶりだ。それに、ジャケットを着ている姿も初めて見た。いつも正装をしろとは言わないけれど、せめて普段からこういう服装をしていればいいのにと思わずにはいられない。

「たまには僕だってちゃんとしますよ。相手に失礼にならないようにね」

「へぇ、可愛い子の前ではいい格好するんだ。ふぅん」

「そうじゃなくて、たまみんの友達だからね。それだけだよ、それだけ。ヤキモチ妬いちゃって、可愛いなぁ。ぐふっ」

いたたまれなくなって、珠美は思わず先生に肘鉄を繰り出してしまった。先生にヤキモチを妬いたりしないと、誰にともなく心の中で言い訳めいた言葉を繰り返す。先生の本気なのか冗談なのかわからない発言に振り回されて、いつも珠美は反応に困ってしまう。そのせいでついつれない態度をとってしまうのだ。

「黙ってさっさと飲んでください」

「たまみん、酷い」

お腹を擦りながら最後の一口を飲み干すと、先生が襟を正して立ち上がった。

横に並ぶとさすがに一八三センチの身長に圧倒される。珠美は一五三センチしかないので三〇センチの差は大きい。それにしても髭を剃っただけでイケメン度が上がるのはずるい。

「普段からこうならきっとモテるのに」

「たまみん、僕に惚れちゃった？」

もちろん黙っていればの話だけれど。調子に乗る先生を無視して、もう一度肘鉄をお見舞いする。

「じゃあ、おじいちゃん行ってくるね」

「佳代ちゃんをちゃんと手伝ってあげなさい」

おじいちゃんは先生をとても信頼しているらしく、珠美のことをよろしくと頼んでいた。

小学生の子供じゃあるまいし、自分のことは自分でしっかり出来るのにと思いつつ、おじいちゃんからすればいつまで経っても可愛い孫なのだと思い至る。こんな頼りない先生にでも頼みたくなってしまうのだろう。先生のほうはというと、まんざらでもないと言いたげに了承して、珠美と一緒にルパンを出た。

ふたりはとりあえず、ルパンの近くにある珠美の自宅へ向かう。

「ねぇたまみん、ちょっとくらいは惚れた？」

歩きながら先生はまた珠美に問いかけてきた。先ほどから恐らく先生を見ることを躊躇(ためら)っていることがばれているのだろう。けれどそんなことは認めたくなくて、珠美は前だけを見て歩き続ける。

「惚れません」

「じゃあ惚れたって言うまで頑張る」

なにを、とは聞く必要もない。どうせふざけて言っているだけで、ただの冗談なのだから。ただ、恋愛経験の少ない珠美には上手くかわす術(すべ)がないだけ。

珠美は先生が意外とモテているのを知っているし、先生の家に何度か綺麗な女の人が入っていくところを見たことがある。先生のプライベートに口出しするつもりもないし、無駄に巻き込まれるのはごめんだった。

上機嫌の先生を無視して自宅のそばまでやってきた。星が丘へは、電車でひと駅の距離だけれど、近道をすれば自転車でも二〇分くらいで行くことが出来る。佳代の家は駅のそばではないので、自転車のほうが早い。今からでもなんとか約束の時間に間に合う計算だった。お天気もいいし、サイクリングをするには絶好の気温でもあった。桜はもう散ってしまったけれど、それでも川沿いは走ると気持ちがいい。

「先生、自転車持ってます？」

「自転車？　持ってないけど」

「じゃあうちで余っているの使ってください」

ルパンから徒歩二分の自宅には、あまり使われていないけれど家族の人数分自転車がある。

ふと角を曲がりかけたところで、突然先生に手を取られて引き寄せられた。予測していなかったので、驚いて叫び声を上げてしまった。しかも反動で先生の胸に飛び込んでしまったと気付いたのは、先生の声を聞いてからだった。

「たまみん、大胆」

油断していたとはいえ、まさかこんなことになろうとは夢にも思わなかった。嫌がらせにしてはたちが悪い。

「ちょっと、先生今はふざけている場合じゃないんですけど」

抱きとめられて恥ずかしくなり、珠美は照れ隠しに先生を思い切り突き飛ばした。

「ふざけてるつもりじゃなくてね、車で行こうよ」

「へ？」

車？　運転免許証も車も持っていない珠美には、全く想像も出来なかった選択肢だった。

「もしかして本気で自転車で行くつもりだったの？」

「はい」

「もう僕三十歳のおっさんだからね、自転車は厳しいな」

確かに先生が運動をする姿は想像出来なかった。それに今日の格好に自転車は似合わない、特にママチャリは。

こっちこっちと当然のように手を引かれて向かった先は、先生の家だった。いつも閉ざされた玄関横のシャッターの中には、どうせ空だと思っていたのに立派な車が止めてあった。

「どうぞお姫様」

「ど、どうも」

そのままエスコートされて珠美は助手席へ乗り込んだ。手が解放されたのはいいけれど、狭い車内にふたりきりというのは非常に緊張する。ルパンにいるときと距離は変わらないのに、密室だと思うと尚更だ。きっといつものだらしない先生なら大丈夫だったのに、無駄にこぎれいになった先生はまだ慣れない。無駄な抵抗とわかりつつ、ほんの少し窓を開けた。

「じゃあ出発しようか」

「はい、よろしくお願いします」

膝に両手を載せて行儀よく礼をする。緊張しているのがわかったのか、先生はほんの少し口元を緩め、こっそり笑っているように見えた。

走り出してみると、なんだかとても楽しそうにハンドルを握る先生の運転は、想像していた以上に丁寧だった。ちょっと乗り物に弱い珠美でも安心して乗っていられる。

「毎日ルパンにいるのに、車なんていつ乗ってるんですか？」

「基本的には電車移動が多いけど、地方に取材に行くときなんかは不便なところも多いから、車は欠かせないんだ。それに気分転換を兼ねて夜中にドライブすることもあるんだよ」

「へぇ～。知らなかった」

夜景の綺麗な場所がたくさんあると言う先生は、とても楽しそうだ。その景色を誰と見に行ったのかはわからないけれど。

「今度一緒に夜景、見に行ってみる？」

「結構です」

もしかしたら先生の家に入っていくところを見たことのある、あの綺麗な人と行ったのかもしれない。そう思い浮かんだ途端に緊張が解けた。そのおかげかふと、スピーカーからオルゴールの音が流れていたことに気が付く。どこかで聞いたことのある曲だけれど、曲名までは思い出せない。

「これって……」

「気付いた？　昔買ったのがあったと思って、昨日の夜捜したんだ」

このまめさを髭や服装に活かせばいいのに、と珠美は思う。使うところを間違っている気がした。でも彼氏がこんな風に気を利かせてくれたら、彼女ならものすごく喜ぶだろう。

そこまで考えて、今先生に彼女はいるのだろうかと気になり始めた。あの綺麗な女の人もこの助手席に座ったのだろうか。聞こうか聞くまいか迷ったけれど、気にかけていると思われるのもしゃくなので聞かないことにした。乗っていようがいまいが、どちらにしても、珠美には関係ない。

「どうしたの？　急に黙り込んじゃって」

「なんでもないです」

「人を乗せることがあまりないからちょっと緊張しちゃうよ。気持ち悪くなったら止めるから言ってね」

このタラシめ、そう心の中で悪態をつく。しかしせっかくオルゴールの曲を捜してくれたことを素直に喜んでおくことにした。

「で、佳代ちゃんのうちはこのあたりだよね」

道案内をしながら一〇分ほど走った頃、大きな家ばかりが建ち並ぶエリアに入った。何度来てもこの背の高い塀には圧倒される。

「はい。あ、次の角を右です」

「了解」

角を曲がってすぐに佳代を発見した。その横にはひとりの若い男性が仏頂面で立っている。

「慶司(けいじ)！」

珠美の声に、運転をしながら先生が反応する。

「ああ、そういえば刑事さんも来るんだったよね。よくわかったね」

「そうなんですけど」

よくわかったねと言われても、そっちの『けいじ』のつもりで言ったわけではなかった。

そこにいたのは、冗談みたいだけれど、名前が慶司だから刑事になったという噂の、珠美の幼馴染(おさななじみ)の金子慶司(かねこけいじ)だった。刑事になった本当の理由は、慶司の父親も刑事だから。そう慶司の母親から聞いている。子供の頃から父親が刑事だということに、誇りを持っていたのも知っている。小学校のときの文集にも書いてあった。つまり、珠美が言ったのは、『刑事』ではなくて『慶司』のほうだったけれど、紙に書かないとわからないだろうことなので適当にはぐらかす。

近くのコインパーキングに車を止めて、佳代のもとへ駆け寄った。

「佳代、お待たせ」

「ううん、まだ約束の五分前だよ」

「この人は昨日メールした高峰昴さん。ミステリー作家で……」

「高峰昴さんって、あの高峰昴さんですよね。私大ファンなんです！」

「あ、ありがとう」

珠美の紹介を遮って、佳代は急にテンションを上げて、先生の手を取り、力いっぱい振り始めた。先生のファンだともっと早く言ってくれていたら、ルパンで紹介することもできたのに。

あの本を持っている、この本を持っていると嬉しそうに言っている佳代の姿に、先生が本当に有名人なのだと珠美は改めて知った。こんなときでなかったら、サインのひとつでもしてもらえばと言いたいところだけれど、慶司が胡散臭そうな顔をしているので言うのをやめた。

ちょっと引き気味の先生を見るのもたまには楽しい。

「ところで慶司、あんたなにしてるのよ。こんなところで」

「それはこっちのセリフだよ。ここは一応事件現場なんだぞ」

珠美と慶司が言い合いを始めたことで、佳代と先生の動きがぴたりと止まった。

「えっと、たまちゃん？」

刑事にそんな口をきいて大丈夫なのかと、不安げな佳代に声をかけられてはっとした。

「あ、彼は私の幼馴染の金子慶司刑事」

「刑事刑事？」

佳代もきっと慶司から自己紹介は受けているはずなのに、けいじけいじと聞いて頭にはてなマークが浮かんでいるのだろう。意味がわからないという顔をしている。

「慶司って名前の刑事。漫画みたいでしょ」

「漫画って言うな」

「たまみんの知り合いだったんですか。高峰です、よろしく」

「金子です」

握手をしているふたりが、やけに対抗意識を燃やしている感じがするのは気のせいだろうか。一触即発な雰囲気に、見ている珠美が不安になった。

部外者が現場に入ることを刑事としては不満だということなのか。高身長の自分よりも、先生のほうが背が高いのが気に入らないのか。それとも人気作家だから対抗しているのか。可愛い佳代が先生のファンだからか、珠美にはどれも正解のように思える。

「まぁまぁとりあえず、時間もないことだし中にどうぞ」

力強い握手を交わしているふたりを置いて、佳代が用意してくれたスリッパを履いて家の中に入った。

「うわっ、凄い！」

なにが凄いかというと、ザ・泥棒が入りました的なリビングだったからだ。テラスに続く窓が割られていて、ここから侵入したのが一目瞭然だった。

「ガラスが落ちてるかもしれないから気をつけてね」

「うん。でもこれを最初に見たら気を失うのもわかるわ」

佳代から母親が悲鳴を上げて倒れたことは聞いていた。それにリビングと両親の寝室、おばあさんの部屋だけが荒らされていて、佳代の部屋は全く触った形跡がなかったらしいということも。

「やはり目当てのものがあったんだろうね」

「目当てのものってなんですか、先生？」

「それはまだわからないけど」

「捜査は俺たち警察に任せて、荷物を運んでください」

慶司の声に珠美は我に返る。そうだった、荷物を運ぶために来たのだった。

先生と慶司をリビングに残して、珠美と佳代は二階へ上がった。佳代の部屋に入ると、本当にそこは荒らされた様子もなく、いつも通り綺麗なままだった。六畳ほどのその部屋は、壁に沿ってベッドが置かれていて、その枕元には佳代の好きなテーマパークで人気のクマのぬいぐるみが座っている。ベッドと同じ白で統一されたタンスやドレッサーも荒らされた様子はない。

「佳代の部屋には本当に入らなかったんだね」

「うん。ドアは開けられてたらしいんだけどね」

この可愛らしい部屋に、高価な宝石や金目のものなどあるようには見えない。きっと犯人もそう思ったのだろう。

「そっか。よかったねって言っていいのかわからないけれど」

「うん。でもおばあちゃんの部屋が一番派手に荒らされてたから」

佳代の表情がまた曇る。おばあさんの部屋からは、オルゴールが盗られたと聞いている。金庫があるのはご両親の寝室だし、なぜオルゴールなのか。そういえば先生もオルゴールの話を聞いて、佳代の家を調べたいと言っていた。

佳代がタンスの中から出した服を、珠美が旅行カバンに詰めていく。一週間分くらいの荷物を詰めて荷造りは終了した。たった一週間とはいっても、ただの旅行とは違って生活用品がそれなりに必要なので、意外と荷物の量も多くなった。

いつものシャンプーでないと髪がぱさぱさになるというのも厄介だ。一泊二泊なら我慢出来るけれど、先が見えない以上、我慢が続くとは思えないので出来る限り詰め込んでいくしかない。佳代は年頃な上に、毎日仕事に行かなくてはならないので、尚更だった。

両手に荷物を持ってふたりでリビングに戻ると、家中を見て回ったらしい先生と不服そうな慶司が庭から家を眺めていた。

「たまみん、終わった？」

「はい。先生も終わったんですか」

「あぁ、一通り見せてもらってきたよ。一階のおばあさんの部屋が一番荒らされていたのが気になるね」

「ですよね」

なのにオルゴールしか盗られていない。他にも盗られているのに気付いていないとか、盗られたものを隠しておきたいということなら話は別だけれど。一番の金目のものである金庫はご両親の部屋にあるということなので、先生同様、珠美も理由が気になった。

「はいはい、捜査は警察がしますから、皆さんはそろそろ帰ってください」

考え込んだところを慶司に促され、みんなでぞろぞろと門を出る。

その途中で、珠美だけ慶司に腕を掴まれて引き留められた。前を歩いていた先生と佳代は気付かずに門の外へ行ってしまう。なんの用かと、珠美は慶司を振り返った。

「ところでたまみんってなに？　お前ら付き合ってんの？」

「は？　そんなわけないでしょ。あの人はああやって人をからかって遊んでるだけよ」

「それならいいけど、気をつけろよ」

「なにを？」

「なんていうか、いろいろとだよ」

いろいろってなによと言いたいところだったけれど、佳代が門の外からこちらをうかがい始めたので言い返すのを止めた。内緒話をしているようには見られたくない。仮にも慶司は刑事だ、事件の話だと勘違いして嫌な気持ちにはなって欲しくなかった。慶司の腕を振りほどいて門を出ようとすると、最後にもうひとつだけと前置きをして慶司が言った。

「あと変なことに首突っ込むなよ。特にあの作家先生には注意してくれよ」

珠美がなにか言ったところで聞く人だとは思えないけれど、一応慶司には一言「了解」と返事をしておいた。説明するのは面倒だ。佳代を送ってくれるという慶司に任せて、家の前でふたりを見送った。

「じゃあ、僕らも行こうか」

「えっ、先生、車はこっちですよ」

車をコインパーキングに止めたまま、反対方向に歩き出す先生の後を追った。まさか車のことを忘れたわけではないはず。いくら先生が天然でも、あの距離を歩くことはないだろう。

「ほら、あそこにいるご婦人にちょっと話を聞いてみようと思ってね」

「なるほどって先生、今首突っ込むなって言われたばかりなんですけど」

「ちょっとだけ、ね」

そうやって甘えた顔をされたら、どうしても止められなくなってしまう。しかも今日に限ってはイケメン度三割増しなのだから。無駄に赤くなった顔を隠して、珠美は後ろをついていく。

先生はにこやかに隣の家の前に立っているご婦人に声をかけた。

「すみません、ちょっとお聞きしたいんですけど」

「はい、なんでしょう」

上品なご婦人は佳代の家から出てきた珠美たちに興味があったようで、快く承諾してくれた。特に珠美には目もくれずに、イケメン度三割増しの先生に釘付けだった。先生はジャケットの胸ポケットから手帳を取り出して、さながら記者のように質問を始める。

「このゴールデンウィーク中、なにか気になることはありませんでしたか」

確か二日から六日まで佳代たち家族は旅行に行っていた。

「ゴールデンウィーク中ですか、それならお隣の西畑さんのお宅に泥棒が入ったとか」

それはもう知っていると突っ込みたくなっている珠美の横で、先生は笑顔で話を引き出そうとしている。もしかしたら本を書くための取材でも、こんな風に情報を集めているのかと想像してしまった。

「えぇ、そうみたいですね。お宅は大丈夫でしたか」

「うちですか」

ご婦人は少し訝しそうな表情に変わった。変な人だと思われているのかもしれない。

「このあたりでも西畑さんの家に並ぶ立派なお宅ですから、もしかしたら狙われてもおかしくないと思いまして」

「それほどでもありませんけど……、うちには番犬がいますから」

褒められて気をよくしたのか、ご婦人は自分からペラペラと話し始めた。

「番犬ですか」

「レオって名前なんですよ。普段はほとんど吠えたりしないんですけど、あれは三日の夜中だったかしら、急に吠え出したんですよ。あ、もしかしたらそれで泥棒はお隣に入ったのかしら」

犬が吠えたから、泥棒が隣の家に変更などするとは思えないけれど、突っ込むとややこしそうな人だから、ここはひたすら黙って堪える。

「三日の夜中ですね。間違いありませんか」

「もちろんですよ。その日は一日雨で、ゴルフに行けなくなった主人の機嫌が悪かったんですから。それに四日に息子夫婦が孫を連れて遊びに来ましたから間違いありません」

「そうですか、ありがとうございます」

そのまま孫の話を始めそうになったご婦人に、丁重にお礼を言って車に戻った。

また密室にふたりきりになってしまった。それでも今度は、仕入れたばかりの情報のことで頭がいっぱいで気にならなかった。

「先生、凄いですね」

「なにが？」

「なにがじゃなくて、凄い情報手に入れたじゃないですか。新聞にも犯行日時は書いてませんでしたよ！」

もしかしたら警察も持っていない情報かもしれない。そう思うと悔しがる慶司の顔が目に浮かぶ。

「どうだろうね。伏せてるだけかもしれないよ。それにその日が犯行日かどうかもまだわからないし」

もっと喜んでいるかと思ったら、先生は意外にもクールな反応で拍子抜けしてしまった。

しかし珠美は食い下がる。

「でも可能性が高くないですか？」

「可能性はかなり高いよね。だから電話してあげてよ」

「誰にですか？」

「慶司くんに」

せっかくの情報をどうしてあんな奴に……、と思ってしまうのは幼馴染の性だろうか。

佳代を送ってくれたのは感謝するけれど、それも彼の仕事のひとつだ。協力するのはなんとなくしゃくだった。

「不満そうだけど、これが事実だとして、どうせ僕たちに出来ることはたかが知れてるし、警察が動いたほうが早いでしょ」

もちろんそれは珠美にもわかっている。先生の言いたいことは至極もっともだと思うけれど、やはり不満だ。おまけに珠美が電話したら喜ぶとまで言われて、それだけはないと反論した。

慶司はいつも、用があってかけても用件だけ話したらすぐ切ってしまう、そういう奴だ。珠美からの電話を喜んでいるところなど想像出来ない。

しかし佳代のためだと言われてしまうと、これ以上拒否し続けるわけにもいかない。しぶしぶ珠美はカバンからスマホを取り出して、慶司に電話をかけた。しかし何度呼び出しても出る気配がない。

「出ません」

「忙しいのかもしれないから、メールしておけば見てくれるんじゃないかな」

「それもそうですね」

珠美は先生に言われた通りメールで送ることにした。忙しくても時間の出来たときに読んでくれるだろう。情報を整理して送った。そしてカバンにしまおうとした途端に、スマホが鳴り出した。発信者は慶司だった。電話には出ないくせに、メールを見て慌てて電話をしてくるということは、わざと出なかったに違いない。無視してやろうかと思ったけれど、先生が運転しながらちらちらと見ているから仕方なく出ることにした。

「もしもし」

『ちょっと、三日ってどういうことだよ！』

耳に響く大声に、思わずスマホを耳から遠ざけた。運転中の先生にもばっちり声が聞こえるくらいの大声で、どれだけ慌てているのかが想像出来る。

「やっぱり知らなかったみたいだね」

慶司の声に、先生が運転しながら苦笑する。

「みたいですね。ていうかメール見られるくらいなら、ちゃんと電話に出なさいよ！」

『うるさいなぁ。お前の電話は昔からろくなことないだろ！』

「失礼な」

確かにいつも部活の帰りが遅い慶司に、「帰りに牛乳を買ってきて」くらいしか言った覚えはない。でも慶司だって、「宿題のノートを見せてくれ」とかけてきたのだからお互い様だ。運転席で先生は笑いを堪えているし、無性に腹が立って電話を切ってしまいたい衝動に駆られる。

『珠美、聞いてるのか』

その気配を察したのか、威圧的に慶司が尋ねてくる。珠美の電話を無視しておいて、偉そうにもほどがある。

「聞いてるわよ」

『なんで三日ってわかったんだよ』

「お隣の奥さんが教えてくれたのよ。三日の夜中に、飼ってる犬が珍しく吠えたって」

犬は人間よりも耳も鼻もいいし、微かな変化にも敏感なのだ。連休中、普段は大人しい愛犬の様子がいつもと違ったのはあの日だけだと言われたら、怪しいと思っても不思議はない。

『マジか。俺たちが聞きに行ったときはそんなこと言わなかったのに』

「なんて聞いたのよ」

『西畑さんの留守中に、不審な物音とか人とか見たりしなかったかって』

飼い犬の鳴き声は不審な物音、じゃないということだ。まさか隣でそんなことが起きているとは夢にも思っていなかっただろうし。

「詳しくは知らないけど、そう教えてくれたの。だからしっかり調べなさい。それからなにかわかったら教えてよね」

一気にトーンダウンした慶司は、勝手なことをした珠美たちに怒る余裕もなく、悔しそうに電話の向こうで小さく返事をして切ってしまった。

「後は警察が絞り込んだ容疑者たちのアリバイを調べるのを待とう」

「なんだか楽しくなってきたのに、あっさり解決してしまいそうですね」

友達に関わる事件で楽しくなってきたというのも不謹慎だけれど、珠美は犯人を追い詰めていく刑事にでもなった気分だった。しかし先生はまだなにか引っかかっているのか、神妙な顔を崩さない。

「それはどうかな。そう簡単じゃない気がするけど」

「なにか他にも気付いたことでもあるんですか。もしかして、それで容疑者たちって」

「僕の予想だけど。犯人は多分ひとりじゃない」

珠美は驚いて目を見張る。

「どうしてそう思うんですか？」

「まだ確証がないから言えない」

珠美は悔しくて「ずるい」とこぼすと、拗ねたように唇を尖らせた。

「ずるいって言われても……。僕がストーリーを組み立てるなら、このまま簡単には終わらないなって思ってるだけだよ」

そんな風に先生ははぐらかすけれど、絶対なにかに気付いているのに黙っている。そうに違いなかった。毎日何時間も先生の顔を見ているのだ、珠美はそんなに簡単に誤魔化されたりしない。しかし一方で、こういう顔をしたときの先生は、絶対に話してくれないこともわかっている。

「そんなに見つめられたら、運転に集中出来ないんだけど」

「あ、ごめんなさい」

教えてもらえない悔しさで、先生を凝視してしまっていた。

「しょうがないな。じゃあ、たまみんにひとつクイズ。佳代ちゃんの家族が旅行することを知っていた人物は？」

「え……？　お隣さんは知ってたし、私も知ってました。それから旅行会社。後は……誰かに盗聴されてたり。とか？　そんなわけないですよね。今のなし、忘れてください」

何気なく珠美が呟いた途端に、先生が急ブレーキをかけた。住宅街を走っていたおかげで後ろに車がいなくてよかった。

「それだよたまみん！　リビングに盗聴器があったかもしれない。もちろん旅行会社、もしくはそこから情報を入手した人、それに家族が世間話ついでに誰かに出かけることを喋っちゃってるかもしれない。でも、盗聴器があったとしたらつじつまが合う。うん、きっと容疑者はたくさんいるよ」

なにかふっきれたように、先生は笑顔をこぼしてまたアクセルを踏み込んだ。なんのつじつまが合うのかはわからないまま、それよりも珠美にとっては大事なことがあった。

「もしかして、私も容疑者ですか？」

珠美に泥棒をする度胸などあるわけがない。それに友達の家に押し入るなど考えられなかった。それでも容疑者になるかもしれないと思うとゾッとした。

「きっと警察もたまみんを疑ったりはしないと思うけど、もしかしたら話を聞きにくらいは来るかもね」

もしそうなったらどうしよう、という不安が胸を支配する。任意同行と言われて、警察に連れて行かれたりしたら、白状するまで帰してもらえないのだろうか。

「先生、面会に来てくれますか」

「ずいぶん話が飛んだね。いやいや、話を聞かれるだけだと思うよ。なんなら僕が立ち会ってあげてもいいし、そんなに心配しなくても大丈夫」

なにも悪いことしてないでしょと言われて、とりあえず頷いた。頭に最近ルパンのアルバイトを三回連続で遅刻したことが思い浮かんだけれど、それと今回の事件は関係ないし、逮捕されるようなことでもない。

「ですよね。……ということは、佳代の家族旅行のことを知ってるってはっきり言えるのは旅行会社の人ってことですね。後、つじつまってどういうことですか」

不安を振り払うように先生に問いかけると、先生は頷いた。

「あぁ、それね。荒らされてるからわかりづらかったんだけど、リビングのテレビボードが不自然に動かされてたでしょ。その後ろのコンセントに違和感があったんだ。テレビのプラグが刺さってるはずなのに、なにも刺さってなかったし。でもたまみんが言ったように盗聴器がそこに仕掛けられてたら、犯人が盗みに入ったときに回収してそのまま逃げたのかなって」

「なるほど。そんなところまで見てたんですね」

警察も家具が不自然に動いていることには、気が付いているはずだと聞いてホッとした。先生も推理は得意だと思うけれど、警察はその道のプロなのだからしっかり調べているだろう。

「あれ、あそこにいるの慶司くんじゃない？」

「本当だ」

信号待ちで止まった交差点のすぐそばの居酒屋から、慶司が厳しい顔つきの男の人と話しながら出てきていた。あきらかにふたりで捜査していますという雰囲気だ。きっと事件のことを調べているに違いない。そう思ったら、珠美は思わずドアを開けて車から飛び出していた。しかし、「待って」と先生に引き留められて立ち止まると、先生も車を脇に寄せて降りて来た。

「ひとりで突っ走らないの。相手は警察だよ」

「……ごめんなさい」

先生に止められなければ、飛び出して警察に叱られるところだった。肩を落とす珠美の頭に、先生はポンと手を置いて優しく笑いかけた。そして珠美の代わりに、メモを取っている慶司に近寄っていく。

「慶司くん」

先生が背後から小さな声で呼ぶと、慶司はビックリした顔で振り返った。

「どうしてこんなところにいるんですか。邪魔しないでくださいよ」

一緒に捜査しているらしい年上の刑事が電話をしている。慶司はその様子を気にしながら小声で言う。きっとあっちの人のほうが慶司より偉いのだろう。

「佳代ちゃんの家から帰るところだったんだけど、君の姿が見えたから」

「情報提供者に対して酷い態度ね。先生のおかげなのに」

珠美がそう言うと、「さっきはありがとうございました」というなんとも気持ちのこもっていない言葉が返ってきた。

「で、なにかわかったのかな」

「まだなんとも言えません」

「旅行会社の人、アリバイあったの?」

「ひとりあやふやな人がいて……って、なんでそんなこと知ってんの」

「やっぱり」

珠美の誘導尋問に簡単に引っかかるようでは、刑事としてどうなのだと思うけれど、幼馴染だから仕方がない。

「金子、行くぞ」

電話を終えたらしいもうひとりの刑事が呼んでいる。もう少し話を聞きたいところだけれど、その刑事を怒らせるわけにもいかない。

「後でルパン集合ね」

「え、無理だって」

それだけ言い残して慶司は走っていってしまった。

「たまみん、ずいぶん慶司くんには強いんだね」

「幼馴染なので」

今でこそ一八〇センチ近くまで背が伸びた慶司だけれど、昔は珠美より背が低くて泣き虫だった。珠美がいじめっこから守ってあげていた頃が懐(なつ)かしい。

「ちょっと妬けるな」

「なに言ってるんですか」

先生は冗談でも言っているように軽い口調で呟くと、動揺する珠美の手を取って車に向かう。なぜ手を引かれているのかは、ドキドキし過ぎて聞けなかった。

4

先にルパンの前で降ろしてもらい、珠美が店に戻るとおじいちゃんはいつも通りカウンターの中で新聞を読んでいた。

「おじいちゃん、ただいま」

「おかえり。佳代ちゃんはどうだった?」

「うん、だいぶ元気になってた」

おじいちゃんは新聞を畳むとホッとしたように目を細めて笑った。佳代のことを心配してくれていたのだろう。

「そうか、よかったな。先生は?」

「車を止めたらすぐ来るって」

そう話しているうちに先生がやってきた。

「マスター、ただいま戻りました」

「おかえり」

「コーヒーをお願いします」

「かしこまりました」

何事もなかったように先生は一番奥の席に座ると、パソコンを開いてキーボードを打ち始めた。今はなにを話しかけても聞いてくれそうにない。集中してますオーラを放った先生から、返事が返ってきたためしはないのだ。仕方なく珠美も、コーヒーを運んだ後はいつも通りアルバイトに専念することにした。

しばらくすると、ドアベルが軽快な音色を響かせた。食器を拭いていた手を止めて珠美が顔を上げると、ドアを開いて入ってきたのは骨董品店の柴田と時計店の正蔵だった。夕方になってやってくるのは珍しい。

「コーヒーをふたつ」

いつものように柴田がピースサインで注文した。珠美はふたりのテーブルに水を運んで、三日ぶりに会う正蔵の様子をうかがう。

「正蔵おじいちゃんはもう大丈夫なの？」

「この通りピンピンしてるよ」

頭を殴られて倒れたと聞いたけれど、脳に異常はなかったらしく、今はおでこと倒れたときにぶつけた腕にあざが残っているだけらしい。退院してすぐに会いに来てくれたようだった。

「本当にびっくりしたんだよ。救急車で運ばれたっていうから」

「驚かせて悪かったね。タバコ屋の富さんに珠美ちゃんが心配してくれてたって聞いて、こうして会いに来たんだよ」

正蔵は、結婚はしたけれど子供はいなかった。だから珠美を本当の孫のように可愛がってくれている。珠美も正蔵のことをおじいちゃんと同じくらい大事にしていた。

「でも、しばらくは無理しないでね」

「珠美ちゃんに言われたら仕方がないな」

正蔵はそう言って嬉しそうに目を細めて笑った。それにしても、正蔵の店が強盗に入られたと周囲が大騒ぎだったにもかかわらず、正蔵自身はなにも盗られていないからこれ以上はもう大丈夫だと言い張ったらしい。しかしあれだけ大事になっているから、警察が手を引くかは疑問だった。強盗未遂か少なくとも暴行、警察が動く理由としては十分過ぎる。

しかもおでこを一撃されているのに、どうして犯人について話そうとしないのか、珠美には理解出来なかった。富さんの話では、振り向きざまだったために顔を見てないと言ったらしいけれど、本当は顔を見たのではないだろうか。そうでなければこんなふうに庇ったりしない。そのうえで言えない事情があるように思えた。

正蔵に聞きたくてモヤモヤしていると、一番奥の席で先生が珠美を小声で呼びながら手招きしていた。仕方なく先生に駆け寄る。

「先生、どうしました。コーヒーのおかわりですか」

「そんなに怖い顔をしてたら、おじいさんたちが困っちゃうよ」

「え、私そんな怖い顔してました？」

慌てて頬を押さえる珠美に、先生は頬を緩めた。

「美人が台無しなくらいね。きっと正蔵さんにも思うところがあるんだよ」

それはなんとなくわかっているつもりなのだけれど、心配というか気になるというか……。そう思っていることも伝わったのか、先生が苦笑する。

「いつかきっと話してくれるよ」

「だといいんですけど」

正蔵がそれでいいならいいのだけれど、やはりケガを負わせた犯人は許せない。もし自分がケガをさせられたのに、相手を庇う理由があるかと考えてみると、ひとつだけ見つかった。犯人は正蔵の知り合いかもしれない。それも余程の間柄の人物だということ。

「てことで、コーヒーのおかわりを頼もうかな」

「はい、かしこまりました」

つい妄想に浸っていたけれど、先生の言葉で我に返った。とりあえず今は美味しいコーヒーを飲んでもらうのが珠美の仕事だ。気持ちを切り替えてカウンターに戻った。正蔵たちもカウンターの中のおじいちゃんと楽しそうに話をしているので、これ以上珠美が詮索する必要もなかった。

時計の針が夜の八時を指す。客もいなくなり、そろそろ閉店しようかと看板の電気を消したところで、息を切らした慶司がやってきた。

「慶司、どうしたの？」

「どうしたのじゃないだろ。お前が来いって言ったんだろうが！」

慶司は差し出した水を一気に飲み干して、カウンター席にうな垂れるように腰掛けた。

「あぁ、そういえばそんなこと言った気がする」

珠美の反応に、慶司が力なく抗議する。

「気がするじゃないよ。人がせっかく来てやったのに。あ、じいちゃんがいない」

慶司がカウンターの中を覗きこみながら言った。それもそのはず、片付けぐらいなら十分珠美ひとりで出来る。おじいちゃんももう歳なので、片付けを引き受けるかわりにコーヒーを淹れる練習をさせてもらっているのだ。

「こんな時間までおじいちゃんがいるわけないじゃないの。もう八時だよ」

「美味いコーヒーが飲みたかったのに……」

どうせ砂糖をたくさん入れるくせにと言いたいところを耐え、自分が淹れると申し出た。

もちろん練習台だ。大丈夫かと心配そうな顔をする慶司を見返してやろうと腕を揮う。これでもうずいぶん練習を重ねている。おじいちゃんにもずいぶん上手くなったと褒められた。

ついでに一番奥の席にいる先生にも、おかわりを淹れようかと声をかけると、「美味しく淹れてね」と返された。

「ふたりとも馬鹿(ばか)にし過ぎ。私だって美味しく淹れられるんだから」

カウンターに入ってコーヒーの準備を始めると、一番奥の席にいた先生がノートパソコンを片付けてカウンターにやってきた。昨日先生に「たまみんが一生懸命コーヒーを淹れる練習をしてる姿って、健気でぐっとくるんだよ」などと言われたせいで、少し緊張気味にコーヒーを淹れる。

そんな珠美を横目に、先生は慶司に話しかけた。

「なにか進展、あったんだね」

「一応、犯人じゃないってわかったから言いますけど、旅行会社の人間は全員シロでした」

「なんだか気に入らないって顔してるけど」

納得していなさそうな慶司とは対照的に、先生は驚いている様子もない。

「ひとり供述がおかしな男がいたんで、徹底的に調べたんですよ。でも三日の夜にちょうど浮気相手と密会してただけでした」

「それはお疲れ様だったね」

出来上がったコーヒーをふたりに差し出す。

「浮気って……最低！」

心の底から嫌悪した珠美の声に、先生がクスリと笑った。珠美が一瞬睨みつけると、先生は首をすくめてまた慶司へ質問を始めた。

「旅行会社からデータが流出、なんてことはない？」

「はい、それもなさそうです」

「振り出しに戻ったということか」

慶司が砂糖を三杯入れて、コーヒーをかき混ぜる様子を見つつ珠美は片付けを進める。先生も思考が行き詰まっているらしい。慶司も情報がなくて、どんな些細なことでも手がかりが欲しいと先生をうかがう。

「なにか思い当たること、ありませんか」

「思い当たること、と言われてもね」

先生は口元に拳を当てて考えるいつもの仕草を始めて数分、身動きひとつしない。けれど少しして小さくため息を吐いて首を振った。

「もう一度最初からやり直そう」

「最初から、ですか」

驚く珠美に先生は大きく頷いた。

「たまみん、明日の土曜日って佳代ちゃんは仕事休みだよね。会えないかな。なにか聞き逃してることがあるかもしれない」

最初からって、そこからやり直すのかと思わずため息が出た。それでも手詰まりの今、それがなにかのヒントになるかもしれないのは確かだった。

「もしかして、警察が手詰まりだから先生を当てにしてるんじゃないでしょうね」

佳代の家で会ったときは、慶司は先生のことを胡散臭そうに見ていたくせに。今では掌を返したみたいに低姿勢になっていた。

「西畑家の庭に残った足跡から、犯行が三日の夜だろうと証明されたんだよ。とりあえず犯行日時を特定した人ってことで、本部もちょっと捜査の参考にしたいって言ってるだけだよ」

それを当てにしているというんじゃないだろうか。そう思っていると、急に慶司が珠美に向き直った。

「ところで珠美、三日の夜どこでなにしてた」

「えっ、私？」

やはり自分も疑われてるのかと急にドキドキし始めた。

「西畑さんの旅行、知ってたんだろ」

「知ってたけど、私は泥棒なんてしてないよ」

「そんな根性ないのはわかってるけど、念のためだよ」

それも刑事の仕事なのはわかるけれど、アリバイなど初めて聞かれるのだから、緊張するなというほうが無理だ。

三日、三日、……なにをしていたのか全く思い出せない。急に言われても、ゴールデンウィーク中は毎日ルパンでアルバイトをしていた以外に思い当たることもない。こんなことならさっき先生とこの話をしていたときに、なにをしていたか思い出しておけばよかったと反省していると、そんなことはお見通しだとでも言うように先生が助け船を出してくれた。

「たまみん、三日の夜は僕と一緒だったでしょ」

「そうでしたっけ?」

言われてみるとそんな日もあったような気がするけれど、三日の夜だったかどうかまではっきりしない。人の記憶など曖昧（あいまい）なものだ。決定的になにか特別なことでもないとはっきり覚えていない。

「夜にふたりで一緒にいたのか?」

しかし慶司は、珠美と先生が一緒にいたことにひどく驚いているようだった。慶司の反応に、先生はなぜか上機嫌で続ける。

「残念ながら厳密には三人だったけど。僕があの一番奥の席で、担当編集者に原稿が出来上がるまで帰らせないって見張られてた日だよ。深夜二時くらいまでカウンターでコーヒーを淹れる練習をしながら付き合ってくれたよね」

「ああ！」

確か締め切りが三日なのに、雑誌に載せるエッセイが出来ていないと先生が担当編集者にこっぴどく怒られていた。それで仕方なく、店を閉めた後も帰ってくれないふたりのせいでずっと練習をしていたのだった。あの日作り過ぎたコーヒーは、コーヒーゼリーに変えて翌日常連客に振舞った。

「あれって三日だったんですね」

「信用出来ないなら出版社に電話して聞いてみて」

あの日は本当に疲れたし眠くて大変だったけれど、先生のおかげで珠美の無実は証明された。

「いえ、もう結構です」

そこで電話すると言ったら、でこぴんでもしてやろうと思ってこっそり構えていたけれど、慶司はそう言ってあっさり引き下がった。昼間先生が言っていたように、珠美は本当に疑われているわけではないようでホッとした。疚しいことがなくても疑われるのは気分のいいものじゃない。ましてや慶司になど。もうこんな経験は二度としたくない。

「じゃあ、明日なにかわかったら電話ください」

「一緒に来ないの？」

当然慶司も一緒に来るものだと思っていたけれど、立ち上がった慶司にきょとんとした顔で見下ろされた。無駄にでかいのだから見上げさせないで欲しい。首が痛くなる。

「警察がいたら話しにくいだろうし、友達として聞いてあげたほうがいいだろ。ただし情報提供は忘れずに。でなきゃ、捜査妨害ってことにもなりかねないから、よろしく」

どれだけ勝手な奴なのだろう。そう思う反面、勝手に会いに行くなと言われるよりはましだと思うことにして、珠美は眠そうに帰っていった慶司を見送った。

「刑事さんからの許可ももらったし、明日は心置きなく佳代ちゃんに会いに行こう」

「そうですね。連絡しておきます」

カップを片付け、灯りを消してようやく珠美たちも家路についた。

第二章 Je te veux（ジュトゥヴ）

1

翌日の昼過ぎにまたまた先生の車に揺られて、佳代が泊まっているというビジネスホテルへ向かった。一般的なツインの部屋で、両親が一部屋、佳代とおばあさんがそれぞれ一部屋使っているらしい。部屋を訪ねると、佳代がひとりで待ってくれていた。

「急にごめんね」

「なにもないんだけれど、どうぞ」

先生とふたりで中に入り、来る途中で先生が買ってくれたお茶とクッキーを差し出した。ビジネスホテルに泊まっていたら、不自由もあるだろうという先生の心遣いだった。シングルベッドが二つに、窓際に小さなテーブルを挟んでひとり掛けのソファがふたつ置かれただけの部屋は、可愛らしい佳代の部屋に対してシンプル過ぎて落ち着かない。テーブルにクッキーを出し、お茶を紙コップに注ぐ。先生はソファに座り、珠美と佳代はソファに近いほうのベッドに並んで腰掛けた。

「えっとね、今日は佳代が旅行に行ったときのことを聞きたくて来たの」

「旅行に?」

「うん、家族みんなで行ったんだよね」

　事件のことをすぐ話題にするのはどうも気が引けて、珠美なりにさりげなく話を切り出しているつもりだ。とりあえず先生は黙って聞いているつもりらしく、お茶を飲みながらクッキーに手を伸ばしている。

「うん、普段はおばあちゃんが留守番することも多いんだけどね。でもおばあちゃんが留守番してなくてよかった。想像したらゾッとするよ」

　確かに、留守番をしていたらケガかそれ以上の事態になっていたかもしれない。

「それにしても、四泊五日で北海道っていいなぁ」

　珠美の言葉に佳代が微笑む。

「荷物が多くて大変だったけどね。むこうではレンタカーを借りてあちこち行ったんだよ」

　行った先々を指折り数える佳代の姿は、どれだけその旅行が楽しかったのかを物語っている。

「ツアーじゃなかったんだね」

「うちのお母さん、もともと北海道の人だから。ツアーガイドみたいなものなの」

道理で色白の美人なわけだ。少し前に会った佳代の母親を思い浮かべて納得した。

「でもそれなら里帰りはしなくてよかったの？」

せっかく北海道に行くなら、少しくらい実家に顔を見せても良さそうなもの。佳代が行ったと言う場所に、母親の実家は入っていなかった。

「お母さんの実家はもうないの。あったら行きたかったんだけどね」

「そっか、ごめん」

「ううん、でも小さい頃は行ったことあるんだよ。お母さんも、実家があったら手ぶらで行けるのにって言ってた」

珠美も母方の祖父母のところには少しの荷物で行くことが多い。いとこが同じ年なので、いろいろ借りられた。

今回のように四泊ともなると着替えも多いし、五月の北海道はまだ肌寒いかもしれない。レンタカーがあったのなら、重い荷物を持つことはなかったにしても、大変だっただろう。

「荷物が多いと、空港に行くだけで疲れちゃうよね」

そんな風に話しながら笑っているうちに、珠美は以前佳代や他の友達と卒業旅行をしたときのことを思い出した。大きな荷物を抱えて、空港までの電車を乗り継ぐだけでぐったりした記憶がある。朝のラッシュの時間だったから尚更大変だった。佳代もそのときのことを思い出したようで、急に笑い出した。

「たまちゃんたちと行ったときは特に大変だったよね。だから今回はおばあちゃんもいるし、空港まではタクシーで行ったの」

それならおばあさんも疲れずに済んだだろう。旅行する前から疲れていたら、楽しめるものも楽しめなくなってしまう。そう珠美が思ったとき、さっきまでぼんやり窓の外に視線を向けていた先生が、急に身を乗り出して質問を始めた。

「タクシーで行ったんですか？」

「は、はい」

突然の質問に佳代も戸惑っている。タクシーがどうかしたのだろうか。首をかしげる珠美に構わず、先生は質問を続ける。

「タクシーの運転手とはなにか話しましたか」

「えぇ、母たちが話してました。とても優しそうな人でしたから」

「旅行のこともちろん言いましたよね。いつまで行くとか」

「多分話したと思います」

その会話を聞いて、珠美も先生の言わんとしていることに気が付いた。話さなくてもボストンバッグをタクシーのトランクに乗せている時点でわかるはずだけれど、話したのならきっとその運転手は覚えているはずだ。佳代たち家族がゴールデンウィーク中に家を空けることを。

「そっか……」

容疑者がひとり増えた。

「たまみんはわかったかな。ひとつの可能性だけどね」

「もしかして、タクシーの運転手さん、ですか？」

ようやく佳代もその可能性に気が付いたようだった。いつもルパンで考え事をしているときのように、凛々（りり）しい顔をしていた先生だったけれど、不安そうな顔をした佳代を安心させるように表情を少し緩め、乗り出していた体をソファの背もたれにゆっくりと預けた。

「あくまでも可能性があるというだけですよ。念のため、タクシー会社を教えてもらえますか」

「はい、確かポケットティッシュをもらったので……。ちょっと待ってください」

佳代は部屋の隅に置かれたバッグからポケットティッシュを取り出すと、先生に差し出した。

「如月（きさらぎ）タクシーですね」

ポケットティッシュを受け取った先生はそれをまじまじと見つめ、裏返してがっかりしたようにため息を吐いた。

「泥棒をするような人には見えなかったんですけど……」

「そうですか……。これ、もらっていいですか？」

「どうぞ」

先生の手元を覗き込むと、そのポケットティッシュの裏側には運転手の顔写真入りの名刺が入っていた。

「佳代、ちょっといい？」

ノックと共にかけられた声に、佳代が立ち上がってドアへ向かった。

「おばあちゃん、もう体調はいいの？」

開いた扉の外には品のいいおばあさんが笑顔で立っていた。目元が特に佳代とそっくりな人で、佳代もあんな風に歳を取るだろうと思わせる。

「病院の帰りにお菓子を買ってきたから、一緒に食べようと思って」

おばあさんの持っていた紙袋には、ルパンの近くにある有名な和菓子屋のロゴが描かれていた。

「じゃあ、僕たちはこれで失礼しようか」

「そうですね」

珠美たちのせいで佳代とおばあさんの時間を邪魔するわけにはいかない。きっと孫との時間がなによりのクスリになるはずだ。帰りに珠美も同じ和菓子を買って帰ろうかと思いながら立ち上がった。

「帰っちゃダメよ。せっかくたくさん買ってきたんだから。食べるのを手伝ってくれなくちゃ」

そう言われて珠美と先生は一度持ち上げたお尻を、元の場所へ戻す。

「佳代からお友達が来るって聞いてたから」

おばあさんは嬉しそうに部屋に入ると、先生の向かい側のソファに座り、目の前のテーブルに和菓子を出した。

「お疲れなら、横になってもらったほうが……」

珠美が心配して声をかけると、おばあさんはにっこりと微笑んだ。

「お気遣いありがとう。でも大丈夫よ」

佳代がおばあさんの代わりにどら焼きをそれぞれに配ってくれて、おばあさんには梅と書かれた包みを渡した。

「小梅(こうめ)おばあちゃんには梅、でしょ」

おばあさんの名前が小梅だと聞いて、イメージ通りだと納得したのは珠美だけではなかったようだ。先生もなるほどと頷いている。

「いただきます」

口々にそう言って、おばあさんにならってお菓子を頬張る。

　実は珠美のおじいちゃんがここの和菓子が好きで、ときどき休憩時間におつかいに行くことがある。母がたまにルパンに持ってくるお菓子もこれ。一見普通のどら焼きだけれど、餡の中に餅や梅、栗などが入っている。最近では百貨店にも出店しているので、わざわざルパンの近くの本店に来なくても買ってもらえるようになった、と和菓子屋のおじさんに聞いたことがある。それでも本店の裏に工房があり、出来立てが買えるのは一番の魅力で、昔からの常連客は本店に通う人も多い。

「美味しい」

　無意識に珠美が呟くと、佳代が嬉しそうに笑った。

「でしょ、これおばあちゃんの初恋の味。だよね」

「ふふっ、よく覚えてたわね」

　おばあさんは恥ずかしそうにはにかんだ笑顔を浮かべた。初恋の思い出の味。珠美は以前佳代に聞いたことを思い出した。

「失礼ですがこのお菓子の思い出の方は、オルゴールをプレゼントされた方ですよね」

　先生もなにを思ったのかそんな質問を投げかけた。

「ええ、十代の頃の話ですけどね。今はどうしているのかしらって、これを食べると思い出すんですよ」

「素敵な思い出ですね」

二十代の珠美には想像も出来ないけれど、六十年近く時が過ぎてなお思い出す恋。とても素敵な話だと思えた。

「そうでもないのよ。ただの私の片想い。叶わなかったから覚えているのかもしれないわね」

切なそうに、けれど思い出を愛おしむようにお菓子を見つめるおばあさんが、今は少女のように見える。

「その人には告白しなかったんですか？」

「あの頃はそういう時代じゃなかったよ」

聞いた珠美に優しく微笑むと、おばあさんはそう答えてくれた。それに、親が決めた相手との結婚も決まっていたらしい。

「おじいちゃんとは、いやいや結婚したの？」

佳代にとってはかなり重要な問題だったようで、聞き捨てならないとばかりに身を乗り出した。もう佳代のおじいさんは亡くなっているから揉めることはないけれど、祖母が祖父といやいや結婚したと聞いたらかなりショックだ。佳代の気持ちもよくわかる。それを察したおばあさんはまた微笑んだ。

「当時は喜んで嫁いだというわけではなかったけれど、おじいさんはとても優しくて誠実な人だったから、あの人と結婚したことは後悔していませんよ」

「よかった」

でも、昔は恋と結婚は別だったのかもしれないと思うと、少し切ない。

「心配かけたわね。でもおじいさんも私の初恋の人のことは知ってるのよ。あのオルゴールのことを聞かれて、全部話したの」

とても大切にしていたのなら、気になっても不思議ではない。ヤキモチを妬いたりしなかったのだろうか。佳代もそう思ったのか、おばあさんに尋ねる。

「おじいちゃんはなんて言ったの？」

奥さんが他の人を想っていると聞いたら辛いはず。

「初恋は大事にしたらいい。だけど君は今僕の妻だ、それを忘れないでくれって」

佳代のおじいさんはとても立派な人だったみたいだ。人によってはオルゴールを壊しているかもしれない。少なくとも夫婦喧嘩は免れなかっただろう。

「おばあちゃんの初恋の話聞きたい。おじいちゃんしか知らないなんてずるい」

そう佳代がおばあさんにせがんだ。

ずるいかどうかはさておき、体調を崩していたおばあさんの頬を紅潮させ、少女のように元気にした存在のことは、やはり珠美も気になる。

「私も聞きたいです」

身を乗り出した珠美におばあさんは驚いたけれど、そこまで言うのならと話してくれた。

2

六十年近く前。桜川はその名前の通り、川沿いに桜の木がたくさん植えられた、それは綺麗な町だった。その隣の梅が丘は緩やかな丘を上がるにつれて大きな家が建ち並び、丘の一番上にはひと際大きな豪邸が建っていた。小梅の家もその丘の中腹にあり、高度経済成長期とはいってもまだまだ貧しい家庭が多いにもかかわらず、不自由のない暮らしをしていた。

「松(まつ)さん、どこに行くの？」

「旦那様の時計を修理に出しに行って参ります」

使用人の松は、小梅の世話係ではあったけれど、歳も近かったので小梅にとってはかけがえのない友達でもあった。

「私も一緒に行こうかしら」

「お嬢様をお連れするわけには……」

「じゃあ、私は勝手に散歩に行くことにするわ。それでどう？」

小梅にこれ以上言っても聞かないと諦めたのか、松はなにも言わずに微笑むと丘を下って歩き始めた。丘の中腹からは桜川沿いの桜が連なる姿がよく見えた。しばらく歩いて商店街に入り、松は賑やかな店々を通り過ぎて小さな時計店の前で立ち止まった。

「ここ？」

「はい、とても腕のいい職人さんがいらっしゃるんです」

「それはお褒めいただきありがとうございます」

小梅と松に大きな影が覆いかぶさったかと思うと、その人は人懐っこい笑みをこぼしてドアを開けてくれた。

「どうぞ遠慮なくお入りください」

どうやら時計店の人だったようだ。驚いている小梅たちをよそに、その人は中に入るとカウンターの向こうに一度引っ込み、また顔を出した。

「いらっしゃいませ。松さん、今日はどういった御用でしょうか」

「あの、この時計を修理して頂きたいのですが」

松がおずおずと風呂敷から時計を取り出した。

「拝見します。これは立派な時計ですね」

それは小梅の父がとても大切にしていた置時計だった。

「少し日数をいただきますが、直ると思いますよ」

「よろしくお願いします」

頭を下げた松の横で、なんとなく小梅も頭を下げた。

「そちらのお嬢さんは初めて見るお顔ですが、お友達ですか?」

物珍しそうにたくさんの時計を眺めている小梅を見て笑うその人は、大柄ではあるけれど目じりの下がったとても優しい顔をしていた。

「ええ、そうです」

「いいえ、お仕えしている市川(いちかわ)家の小梅お嬢様です」

小梅と松の声が被った。松はどうしても小梅を友達だとは言ってくれない。頬を膨らませて拗ねる小梅に、そうですかと一言言うと、その人はまた目じりを下げて笑った。

「それにしても、こんなにたくさんの時計見たことがありません」

「そうでしょう、うちは時計店ですから」

それもそうだけれど、壁掛け時計も置時計もどれひとつとして時間の狂っているものがないのが不思議だった。時計に対する愛情か、腕がいいのか。きっと両方なのだろうと小梅は思っていた。

「この時計たちが一斉に鳴り出したら、凄くビックリするでしょうね」

「そうですね、一時間おきにそうなったらたまりませんね。だからここにあるうちは鳴らないようにしてあるのでご心配なく」

屈託なくその人は笑う。小梅は同時に鳴ることを少し期待したのだけれど、そうはならないと知って少しがっかりしていた。しかしすぐに別のものに興味を引かれた。

「これは？」

カウンターの隅に置かれた宝石箱のように見えるもの。どう見ても時計には見えない。

「それはオルゴールになる予定です。趣味で作っているんですよ」

それは丁寧に桜が彫刻されていて、とても素晴らしいものだった。

「あなたが作ったんですか」

「ええ、まだ途中なので、オルゴールは入っていませんけど」

これを手にする人はきっと幸せに違いない。そう思えるほど大切に作られていた。

「お気に召しましたか」

「ええ、とても。桜の花が好きなので」

「小梅さんなのに？」

「いけませんか？」

「いいえ、どちらも綺麗な花ですよね」

時計屋さんはとても面白い話を聞いたように笑いながらそう言った。しばらくそのオルゴールを眺めていたけれど、松が帰ると言うので小梅も仕方なくその日は帰ることにした。

「またいつでもお越しください」

「はい、また伺います」

その言葉を素直に受け取った小梅は、時間を見つけては時計店に通った。少しずつ出来上がっていくオルゴールを眺めていたり、珍しい時計を見せてもらったり、一緒におやつのどら焼きを食べたりした。

そんな日が一年近く過ぎたある日、珍しく自宅でゆっくりソファに腰掛けてタバコを吸っている父に呼ばれた。

「小梅、ちょっとそこに座りなさい」

「はい」

父と向かい合うようにソファに腰を下ろすと、いつも以上に上機嫌な父は、タバコの火を消して大きく一度深呼吸をした。

「喜びなさい、お前の縁談が決まった」

「えっ、縁談?」

まだ十九歳の小梅に縁談が来るとは思いもしなかったため、その先の言葉が見つからない。

「隣町の西畑の息子は覚えているか」

「えぇ、何度かお目にかかったことがありますから」

とても誠実そうな人だった印象で、いつも穏やかに微笑んでいたのを覚えている。

「彼がお前を是非にと言ってきたのでお受けした。西畑の息子なら申し分ない」

お前もそう思うだろう、と父は自分が嫁ぐのかと思うほどの浮かれようだった。小梅には笑顔で頷くしか選択肢はなかった。小梅の気持ちを知っているのは松だけ。今も部屋の隅に控えて、小梅より寂しそうに俯いている。父は小梅が二十歳になったらすぐに嫁入りすることになると言った。その顔には我ながら良い選択をした、そう書かれている。

結局小梅はなにも言えなかった。想いを寄せる人がいることなど言えるはずがない。それに彼が小梅をどう思っているかもわからない状況で、名前を出せば迷惑をかけることになる。

父の言うことは絶対で、それを拒否することは出来ない。もちろん結婚する相手を拒否する要素もありはしない。どちらかといえば好感を持っていると言ってもいい立派な人だった。ただ彼に会う前に縁談の話を聞いていたら、小梅も今よりはほんの少し晴れやかな気持ちで受け入れられたような気がした。

夕日が遠くの地平線に沈むのを追うように、小梅は丘を町に向かって下っていた。父から解放されて、一番先に向かったのはいつもの時計店だった。よく考えれば一番相応しくない場所だとわかるけれど、そのときは考える余裕など微塵もなかった。

「どうしました？」

閉店間際だというのに嫌な顔ひとつせず招き入れられ、温かなお茶にホッと息を吐いた。

「こんな時間にごめんなさい。気が付いたらここに来てしまっていました」

結婚が決まったなどと簡単には口にしたくない相手だった。出来ることなら一番知られたくない相手でもある。

「いつでも歓迎するって言ったでしょう。困ったときはいつでも、困っていなくてもいつでもどうぞ」

「ありがとうございます」

優しい言葉をかけられると、今日はいつも以上に心に沁みる。この人は優しい人だから、きっと誰にでもこうやって言葉をかけるのだとわかっている。けれど今はただ自分のための言葉だと思いたかった。うっすらと浮かんだ涙を指で拭い、小梅は大きく深呼吸をした。

人の噂は簡単には止められない。小梅の結婚のことは、きっとすぐにこの人にも知られてしまうだろう。誤った噂を耳にするくらいなら、いっそ自分の口から告げたほうがいい気がした。

「私、結婚することになったんです」

そんなことを言っても、彼が困るだけなのはわかっていた。「結婚なんてするな」などと言ってもらえるわけもないとわかっている。この人が小梅を引き止めるようなことはしない。小梅に恋心を見せたことなどなかったのだから。

「そうですか、おめでとうございます」

やはり想像通りの言葉が返ってきた。しかしこれで決心がついたような気がする。自分は望まれてお嫁に行くのだと。

「ありがとうございます」

精一杯の笑顔を浮かべて、さようならの代わりにそれだけ言うと、時計店を後にした。そしてその日以降、小梅が時計店へ行くことはなかった。


「お嬢様、お客様です」

数か月後、小梅の結婚式前日。松が小梅に来客だと部屋に入ってきた。誰かと聞いても松は答えてくれなかった。仕方なく応接間に行っても誰もおらず、玄関だと言われて向かうと、そこには時計店の彼が立っていた。

「時計屋さん、どうしたんですか」

あの日から一度も会うことはなかった。小梅は会わないまま明日嫁ぐつもりだった。決心が鈍るとまでは言わないけれど、忘れられなくなってしまいそうで会わないようにしていたのに。

「これを」

玄関に風呂敷に包まれた二〇センチ四方の品物が置かれた。するりと風呂敷が解かれると、そこにはあのオルゴールがあった。

「完成したんですね」

「ええ、今朝やっと完成しました。是非あなたにもらって頂きたくて、徹夜で仕上げました」

　初めて見たとき、これを手にする人はさぞ幸せだろうと思った。それをまさか自分が手にするとは思いもしなかった。

「趣味で作っていただけだったんですが、あなたが気に入ってくれたので。ご迷惑でなければもらってください」

「ありがとうございます。ずっと大切にします」

「では、お幸せに」

　彼はそう言うと、わずかに微笑んで帰っていった。小梅は後を追おうかと悩み、躊躇っているうちに時間が過ぎ、意を決して玄関を飛び出した頃には、彼の姿は見えなくなっていた。

　小梅は両手にオルゴールを抱え、これも運命なのだと言い聞かせ、涙がこぼれるのを堪えて自室に戻った。

　そして翌日オルゴールを持って星が丘の西畑の家に嫁いだ。

＊＊＊＊＊

「それから一度も会わないままこの歳になってしまったの。あの宝石箱のオルゴールも、いつの間にか鳴らなくなってしまって、なんという曲だったのかもわからないままなのよ」

遠い記憶を愛おしむようにおばあさんは微笑んだ。珠美が曲目は書かれていなかったのか尋ねると、おばあさんは静かに首を振った。

「裏に曲目を書いた紙が貼ってあったんだけど、読めないままいつの間にかなくなってしまって」

「私、知ってる。確か『Je te veux』だったと思う」

そういえば、高校生の頃に佳代からそんな話を聞いたことがある。おばあさんのオルゴールは和音が素晴らしくて、それでオルゴールが好きになったのだと。珠美たちのお小遣いではそんな高価なオルゴールは買えなかったけれど、ふたりでいくつか集めたこともある。きっとあの頃調べていたのだろう。

「『Je te veux』……確か、フランスの作曲家のエリック・サティが一九〇〇年に作った曲でしたね。〝あなたが大好き〟、そう訳されることもあるとか……」

どうしてそんなことがすぐに思い出せるのか不思議だけれど、先生はいろんなことをよく知っている。けれどそんなことよりもっと大きな事実がひとつ見つかった。

おばあさんも気付いたらしく、口元を手で覆い、目を見開いて驚いている。

「それって、時計屋さんもおばあちゃんのことが好きだったってこと?」

おばあさんは全く相手にされなかったのだと言っていたけれど、本当はそうではなかった。きっと時計店の彼はシャイな人だったのだろう。それに佳代のおばあさんは名家のお嬢様だった。だから彼は黙って身を引いた。あのときにそれがわかっていたら、ふたりの運命は変わっていたのだろうか。いや、きっともっと悲しいものになっていたかもしれない。

「それが本当なら嬉しいわ」

少女のように微笑むおばあさんはうっすらと涙を浮かべた。ただ彼の気持ちがわかっただけで満足だと言うおばあさんに、佳代はホッとしているようにも見えた。ここで彼を追いかけていればよかったと言われたら、佳代のショックは計り知れない。そのあたりはおばあさんもわかっているのだろう。

どうせならここにそのオルゴールがあれば、もっとおばあさんが嬉しいだろうと思うと、珠美は居ても立ってもいられなくなった。

先生を見ると、口元に拳を当ててもうオルゴールの行方(ゆくえ)を考えているようだった。さすがミステリー作家。きっと先生ならおばあさんのオルゴールを見つけられる、そんな気がした。

3

翌日、朝早くに目を覚ました珠美は、いつもより早くルパンに向かった。

角を曲がってすぐ、ルパンの前に立つ人影が見えた。おじいちゃんもまだ来ていないはずの時間で、毎朝パンを運んできてくれるパン屋でもなさそうだ。不審者かと思って珠美が恐る恐る近づくと、それは早朝が一番似合わない人物だった。

「先生！」

思わず駆け寄ってみると、ちょっと眠そうな先生が笑顔で振り向いた。

「どうしたんですか、こんなに朝早く。雪でも降らせる気ですか」

朝に弱いと豪語する先生が、こんな時間にルパンに来ることなどありえない。

「おはよう。たまみんコーヒー淹れて」

「いいですけど、ちょっと待ってください」

今日の先生はいつもよりちょっと、いやかなりいい加減な格好だ。誰よりも気を許しているといえばそれまでだけれど、佳代の家に行ったとき、惚れるまで頑張ると言っていたのはウソだったのか。はっきり言って寝起きのままやってきたとしか思えなかった。

ルパンのカギを開けて先生を中に誘うと、珠美はお湯を沸かし、コーヒーの準備に取り掛かる。いつもは一番奥の席に座るのに、今日の先生はカウンターで珠美の目の前に座っている。じっと見られていたら緊張する。

「で、先生はこんなに朝早くからどうしたんですか」

「ちょっと気になることを整理していたら、コーヒーが飲みたくなったから、来ちゃった」

来ちゃったじゃないだろうと心の中で突っ込みつつ、コーヒー豆を挽く。そういう珠美も気になることがあってこんなに早く来たのだ。

「何時から待ってたんですか。私が来なかったら、後一時間くらい待つことになってたんですよ」

「一〇分前くらいからじゃないかな。僕たち気があうよね」

「またそういうことを言う」

そうやって珠美を上手く掌で転がすからたちが悪い。これでもし本当に珠美に気があったとしても、きっと佳代のおばあさんと同じように珠美は気付かないだろう。

珠美は丁寧に淹れたコーヒーを先生の前に置く。朝一番に挽き立ての豆で淹れるコーヒーが一番美味しい。珠美は甘い香りの広がるこのときがとても好きだ。先生もおじいちゃんが淹れたコーヒーを飲むときのように、香りを楽しんでからカップに口をつけた。

「ずいぶん上手くなったね」

「ありがとうございます」

おじいちゃんほどではないにしても、それなりに上達したと思う。先生はおじいちゃんの次に間近で見てくれている人だから、その言葉はやはり嬉しい。

「それにしても、気になることってなんですか」

珠美も自分用にカフェオレを用意して先生の横に座る。

「今思いつく犯人はタクシーの運転手なんだけど、これから泥棒に入ろうと思うような人が、そのターゲットに自分の名刺の入ったティッシュを渡すとは思えないんだよね」

確かに昨日佳代から受け取ったポケットティッシュの裏には、運転手の顔写真入りの名刺が入っていた。それを見たときの先生のがっかりした顔はよく覚えている。先生が胸ポケットから取り出したそのポケットティッシュを受け取り、裏の名刺を見る。高木仁(たかぎひとし)、気が弱そうな普通のおじさんにしか見えなかった。

「でもその人以外に今のところ、思い当たる人物はいないんですよね。あっ！　もしかして、ティッシュを渡したときは泥棒に入るつもりはなかったんだけど、なにかどうしても泥棒しなきゃいけない理由が出来たとか」

「浅はかだけど、それはありえるね」

旅行会社の人はシロだと慶司が言っていた。そこから情報が流れた形跡もないらしい。

「後は盗聴器を仕掛けた人物。いつどうやって仕掛けたのかもまだわからないし、どういう経緯であの家に仕掛けたのかも。わからないことばかりだね」

情報が足りない。ない知恵を絞って考えてみても、先生にわからないことが珠美にわかるはずがなかった。

「タクシーの運転手が仕掛けたってことはないんですか」

「絶対とは言わないけど、多分それはないと思うよ。たまたま送迎の依頼を受けた会社に言われて行っただけで、本人の意思ではないはずだから」

ずっと狙っていたのなら、名刺の入ったポケットティッシュを渡したりしないだろう。送迎にしても他の人に代わってもらうことも出来たはずだ。顔を晒すようなリスクを犯すとは思えない。そう言い切られるとそうなのかなと思えてくるから不思議だ。

「佳代の家はお金持ちだし、あのあたりは大きな家が多いから、狙われやすいのかもしれませんけどね」

「とりあえず盗聴器を仕掛けた犯人は警察に任せて、タクシーの運転手の話を聞いてみよう」

今の珠美たちに盗聴器を仕掛けた人物を探すことは不可能だし、名前も居所もわかっているタクシーの運転手に話を聞くほうが簡単だった。

しばらくするとおじいちゃんがルパンにやってきた。

「珠美、もう来てたのか」

「うん、早く目が覚めちゃったから。たまにはおじいちゃんにコーヒー淹れてあげようか」

「そりゃ嬉しいな」

三人でコーヒーを飲んでいると、日曜日だというのに香りを嗅ぎつけたようにお客さんが集まり始めた。先生を奥の席に追いやって、おじいちゃんと朝のピークをこなす。いつもの人たちにいつもの朝食を提供し、一段落してから先生と例のタクシー会社へ行くことにした。


一度着替えに帰った先生の車に揺られてタクシー会社につくと、人気の少ない事務所を訪ねた。先生が事務所にいた男性にポケットティッシュを見せる。

「高木さんはいらっしゃいますか」

「高木なら、外で洗車してると思いますよ」

「ありがとうございます」

同僚らしき人に言われて外を見ると、たくさんタクシーが並ぶ駐車場の奥で、洗車している人物が目に入った。事務所を出て駐車場の奥へ進む。丁寧に車を拭いている様子はとても生真面目な印象で、悪いことをするような人には見えない。

「高木さん、ですよね」

先生が声をかけると、水の音で珠美たちの足音が聞こえていなかったのだろう。その人は驚いたように振り返った。

「そうです、けど……」

なにか疚しいことでもあるのか、高木は伏し目がちに珠美たちを見ている。

「私はただの小説家で、作品の参考にとある事件のことを調べているんです。今、少しお時間よろしいですか?」

「事件、ですか」

「はい」

先生が話す後ろで、珠美は黙って高木の様子を観察した。なにか心当たりでもあるのか、彼は事件という言葉に反応したように見えた。

「ちょうど一週間前の夜、星が丘の住宅に空き巣が入ったのはご存じですか」

「ええ、新聞で読んだような気がします。それがなにか」

やはり怪しい。警察はまだ明確な日にちは発表していない。しかし高木は一週間前という先生の言葉を否定しなかった。

「その前日に空き巣に入られた家からの要請で、高木さんはその自宅から空港までお客さんを乗せてますよね」

「さぁ、どうだったかな。毎日あちこち呼ばれますし、いちいち詳しいことは覚えてませんよ」

　ずっと同じところを拭きながら、高木はとうとう先生から目を逸らし始めた。ある意味ものすごく怪しいのだけれど、こんなにわかりやすい人が泥棒など出来るとは珠美には思えなかった。すると先生は口元に拳を当てて少し考えるような仕草をしてから話し始めた。

「そうですか。西畑さんと仰るんですけどね、おばあさんが高木さんをとてもいい人だったと話していたので、ちょっとお話を伺いたかったんですよ」

　そんなことを言っていただろうか。珠美は必死に記憶を呼び起こしたけれど、タクシーの話をしたのは、確か佳代と先生と三人で話したときだったような気がする。しかしこれも先生の話術なのだろうと開きかけた口を噤んだ。

「あぁ、思い出した。とても上品なおばあさんのいた家族ですね。確かに空港まで送りましたよ」

　どういう理由で話す気になったのかはわからないけれど、さっきまでの挙動不審な様子は消え、高木は車を拭く手を止めて、饒舌に話し始めた。

「久しぶりに家族全員そろって旅行に行くんだって言ってましたね。北海道だったかな。私たちサービス業は、なかなか連休に休むなんて出来ませんからね」

「ゴールデンウィーク中もずっとお仕事だったんですか、大変ですね。僕も職業柄休みらしい休みってないですけどね。下手したら夜中でもパソコンに向かってたりしますよ」

確かに先生も締め切りに追われているからゆっくり休んでいない。そうはいってもギリギリまで書かない先生が悪いのだ。

「私たちは交替制ですが、夜勤はそんなに多くないいんですよ」

「それは羨ましい」

なんだかふたりの話が盛り上がっていて口を挟めない。どうせ珠美は身内の店でアルバイトをしている専門学校生に過ぎない。このふたりのような苦労はしたことがない。

「どっちみち一緒に旅行する相手もいませんが」

自虐的に笑う高木は、家族がいてもおかしくない年齢に見えた。しかし独身だという。ずっと独身なのか、離婚したから今は独身なのかは聞けない。ただ、今はひとりで暮らしているということまでは聞き出せた。もしかしたら珠美も四十歳くらいになっても独身かもしれない。ふとそう思ったら、なんとなく切なくなってきた。

珠美が通っている製菓学校は同じくらいの年齢の人が多い。ほとんどが女子な上に、二年後には製菓衛生師の国家資格を得るためにハードスケジュールで、恋愛を楽しむ余裕はあまりない。甘いのはスイーツだけだ。

そしてルパンに来る客の年齢層は、基本的に高い。よく彼氏は出来たかと聞かれるけれど、そう簡単に出来るものでもない。家と製菓学校とルパンを行ったり来たりしているだけで、まるっきり出会いがないのだ。

ひとりでそう落ち込む珠美などいないみたいに、ふたりは楽しそうに話をしている。

「それは僕も同じですよ。そうそう、そのおばあさんなんですが、北海道旅行から帰ってきたら空き巣に入られていて、大切なオルゴールを盗まれて寝込んでしまったらしいんですよ。かわいそうにね」

「そ、そうなんですか。それはお気の毒に……」

ふたりが話している横で、珠美が足音に気が付いて振り返ると、さっき事務所で話した男性がこちらに向かって歩いてくるのが見えた。

「高木さん、ちょっと送迎お願いします」

「はい、すぐ行きます。じゃあ、私は仕事があるので」

「お仕事中にお邪魔しました。また小説の参考にお話を聞かせてください。僕だいたいこの喫茶店で執筆してますから」

そう言って先生はルパンの住所が書かれたマッチを高木に渡した。ここに来る前に珠美が先生に頼まれて渡したものだった。先生はタバコを吸わないから、なにに使うのだろうと思っていたのだけれど、このために持ってきたのかとようやく納得した。

「私もそこでアルバイトしてますから、先生がいなくてもコーヒー飲みに来てください」

「はい、ありがとうございます」

　事務所に戻っていく高木を見送って、珠美たちもタクシー会社を後にした。

「なにかわかりました？　凄く話が弾んでたみたいですけど」

「ん～、わかったようなわかっていないような」

「なんなんですかそれ」

「空き巣犯ではない気がするんだけど、オルゴールのことは知っているような気がするんだよね。ただの勘だけど」

　車を運転しながら、先生が歯切れ悪く言う。さっきから気がする気がするばかりで、全然説明になっていない。犯人じゃないのにオルゴールを知っているというのはどういうことなのだろう。慶司に聞いたらなにかわかるかもしれないと思っていると、赤信号で車が止まったところで、先生は珠美を見て言った。

「なにか悩み事？　すっごい難しい顔してるけど」

「そういうわけじゃないんですけど……」

　どうやら顔に出ていたらしい。クスクスと先生が笑う。

「慶司君に聞きたいんだろうけど、勝手なことするなって叱られると思うから言わないほうがいいよ」

「そっか、慶司うるさいですもんね」

佳代の家を出るときに先生に勝手なことをさせるなと言われているのに、珠美まで勝手なことをしたらさらに怒るだろう。その姿が想像出来てしまった。

「ふたりだけの秘密だよ」

「わかりました」

先生が唇の前で人差し指を立ててそんな風に言うから、ちょっとドキッとしたことを悟られないように目を逸らして答えた。


ルパンに戻ると、珍しく慶司がカウンターでコーヒーを飲んでいた。

「慶司、なにしてるの。捜査は？」

「お前こそなにしてるんだよ。ルパンの前を通りかかったからちょっと寄ってみたら、いつもバイトしてるはずの珠美はいないし、一番奥の席は無人だし。バイトさぼって先生とデートか」

「そうなんだよ。やっぱりわかっちゃう？」

「え、マジか」

先生の発言に慶司が目を丸くする。自分で言っておいて、そこまで驚ける慶司に珠美は感心する。

「そんなんじゃないもん。私たちだっていろいろ調べてるんだから」

さっき先生と内緒にしようと言ったばかりだったのに、つい慶司が憎らしくて口が滑ってしまった。せっかく先生が誤魔化そうとしてくれたのに、どうしても珠美はウソが苦手でいけない。

「一応ふたりで出掛けたんだからデートでいいじゃないか」

「まだ言っているんですか」

「たまみんったら、照れなくてもいいのに」

「はいはい、わかりました」

そろそろ先生のこういう態度にも慣れてきた。けれど普段ここまでしつこくないのに、今日に限ってやたらしつこく、おまけにべたべた触れてくる。慶司がいるからなのか、どこか見せつけるような態度が気にかかる。

そしてその様子を見た慶司が、どんどん不機嫌になっていくのも珠美はひしひしと感じていた。警察官になってから鋭くなった目つきがやけに鋭く見える。保護者でもあるまいし、珠美はどちらかというと被害者なのだから、そんな目で見ないで欲しい。そんな顔をしていたら、慶司に彼女が出来る日は遠いだろう。

「ちょっといいか」

珠美たちのほかには誰もいないのに、慶司は急に声をひそめてふたりにそう言うと、一番奥のテーブルに移動した。おじいちゃんはお客様の話を盗み聞きしたりしないのに！

と文句を言ってやりたいところを珠美は必死で堪えた。慶司も刑事としての守秘義務があるのかもしれない。ただ、席を移動するなら、自分でコーヒーを持っていって欲しい。仕方なく珠美がカウンターに残されたそれを運ぶ。ついでに自分と先生の分のコーヒーも用意し、それとひとつだけ残っていたガトーショコラをガラスケースから取り出した。

一番奥のテーブルにつくと、慶司が大げさにため息をこぼした。

「なにか俺に隠してるよな」

「な、なんのこと」

いきなり過ぎて思いきり声が裏返った。これじゃあなにか隠していますと言っているようなものだ。先生も横で顔を覆ってしまった。

「うろうろして捜査の邪魔されたら困るんだけど」

「そういう慶司は仕事しないでなにしてるのよ」

「これも一応仕事のうちなんだよ」

嫌味たっぷりに慶司が言い返す。とっても甘そうなコーヒーを飲む仕草まで嫌味だ。猫舌のくせに。

憤慨しながら珠美はガトーショコラに、たっぷりの生クリームを載せて頬張る。すると、慶司の嫌味な態度などどうでもよくなった。甘いものは偉大だ。

「なんの仕事よ。さぼるのも仕事のうちってこと？」

「あのなぁ、手分けしてこの辺の質屋を回ってるんだよ。盗んだ品物を売りに来るかもしれないだろ。今はネットって手もあるけど、それは別の班が当たってる」

確かに盗んだものを現金に替えないと意味がない。ドラマなどではそこから足が付いたりするけれど。警察の仕事も意外と地道な仕事なようだ。ドラマのように派手に話が進んだりはしないらしい。

「でも、うち質屋じゃないよ」

ルパンという老舗の純喫茶なのだから。どう考えても来る場所を間違えている。

「わかってるよ。ちょっとは休憩させろ」

偉そうに言っていた慶司だったけれど、やはりさぼっているのだ。珠美が文句のひとつも言ってやろうとしたところで、先生がちょうどよかったと言いたげに慶司に質問を始めた。

「ところで、犯人の手がかりは見つかったの？」

「まだですよ。そんなに簡単に見つかったら苦労しませんよ」

そうだろうとは思っていた。手がかりが見つかっていたら、こんなところにはいないはずだ。

「な～んだ、つまんないの。あ、先生それ私の」

珠美が置いたフォークを一瞬の隙に手にして、先生が美味しそうにガトーショコラを味わい出した。

「たまみん、ケーキも上手になったね」

「それはどうも」

ひとつしかなかったから、私が食べているのに……。同じフォークを平気で使う先生にめまいがしそうだ。そんな珠美の視線も意に介さず、先生は食べる？　とケーキをフォークに載せて差し出してきた。嬉しそうにそんなことされても、慶司を目の前に空き巣犯の話をしながら、食べさせてもらう気にはなれない。慶司がいなくても恥ずかしくて無理だけれど。それにもし食べたら、絶対間接ちゅーだと騒がれるに決まっている。

しびれを切らした慶司が唸る。

「あ〜もう。俺の前でいちゃいちゃいちゃいちゃするな。そっちはなに調べてたんだよ」

「いちゃいちゃなんてしてないし、私たちは別に泥棒を捜してるわけじゃないから」

上手く誤魔化そうと思ったのだけれど、さっさと喋れと慶司の目が訴えている。珠美は諦めて答えることにした。

「佳代たちが旅行で空港まで行くときに使ったタクシー会社に行ってきたの」

「タクシー会社？」

思った通り知らなかったようで、初耳だと慶司の顔が物語っている。

「あまり話は聞けなかったけどね」

珠美が説明している横で、先生は奪い取ったケーキを食べながらノートパソコンをいじっている。まともに会話に参加してくれない。慶司は先生から話を聞くことを諦めたのか、珠美に対して取調べかというほど厳しい目つきで睨みつけてくる。

「それで？」

「仕事中だったからちょっとしか話してないの。佳代たちを空港まで送ったことは覚えてたけど、泥棒しそうな人には見えなかったし」

そんな悪いことが出来るような根性ありません、という感じの人だった。それは珠美と先生の共通認識なので、間違っていないだろうと思われた。それに、佳代もそんな印象を持ったと言っていたからあながち外れていないと思う。

「他には」

「私にばかり言わせないで、そっちも情報出してよ」

ちょっとその目、怖いからやめて欲しいんだけど、と言いたいけれど怖くて言えない。苦し紛れに、反対に慶司に問いかける。迫力に押されて話したけれど、こちらが言うばかりではフェアではない。

すると今度は慶司も素直に話し始めた。

「犯人はおそらく三人。当然だけど手袋をしてたんだろう。犯人の手がかりになるような指紋は見つかってない」

「ちょっと待って。犯人は三人？」

話を聞いていないと思っていた先生が、三人というフレーズに反応してパソコンから顔を上げた。

「ええ、庭から三人分の下足痕が見つかってますから」

三日の昼間は強い雨が降っていたから、その前に歩いた人の足跡は消えていると考えるのが普通だ。警察が調べて、その後についた足跡が三人分だと言っているのだから疑いようがないように珠美には思えた。先生は慶司を見据えながら言う。

「その下足痕だけど、家に侵入したのはふたりだよね。ひとりは庭の途中で引き返してる」

珠美と佳代が部屋で荷物の準備をしている間、慶司と先生はいろいろ調べていたみたいで、庭にも出ていたようだった。あのときは確証がないと言って教えてもらえなかったけれど、この足跡のことを気にしていたのだと、今ならわかる。慶司も感心したように頷く。

「さすがミステリー作家、よく見てますよね」

「それはどうも」

「ただ、ひとりは庭にしか侵入してませんけど、見張りってことも考えられますし、靴の形状とサイズから男が三人いたことは間違いないんですよ」

慶司はそう言い切る。そして、手口が素人だということで、今までの窃盗グループに当てはまるものはなく、情報屋からも手がかりを得られていないらしい。

　そこまで聞いて、先生が慶司を見据える。

「あくまでも僕の勘だけど、家に侵入したふたりはスニーカー、庭で引きかえしたひとりはローファーのような靴。その二組は別のような気がするんだよ」

　先生の言葉に慶司は首をかしげる。

「どんな靴を履くかは個人の自由だと思いますけど、別だと思う根拠でもあるんですか」

「靴の沈み具合とでも言うのかな、スニーカーは酷くぬかるんだ状態で歩いているのに対して、ローファーは多少ぬかるみ具合がましになってからのように見えたんだよ。見張りなら、そうはならないはず」

　歩いた時間帯が違う、そう先生は言っているのだ。そんなところまで先生は見ていたのかと思わず珠美は感心してしまった。慶司は慶司で完全に刑事モードに入っていて、今茶化したら逮捕されそうだ。かなり警察も焦っているんだろう。

「一度署に戻って確認します」

　慶司はしばらくの間、先生の言葉を吟味するように黙り込んでいたけれど、しっかりとした声でそう言った。

「だけどあくまでも僕の想像だから、その辺はよろしく」

　先生は謙遜しているけれど、かなり自信があると顔に書いてある。

「なんだか刑事ドラマみたい」

　珠美が思わず感想を呟くと、一気に力の抜けたらしい慶司がぼやいた。

「ドラマみたいに二時間で解決したらいいけどな。さっきも質屋の話をしたけど、せめて盗んだものを転売でもしてくれれば、もう少し手がかりが見つかるんだけど。今のところまだどこにも持ち込まれていないらしい」

　犯人もそれだけ慎重に時期を待っているということなのか。珠美はため息を吐く。

「ということは佳代のおばあさんのオルゴールも、そう簡単には見つかりそうもないね」

　出来るだけ早くおばあさんのもとに返してあげたいのに、どこにあるのかもわからない。気落ちした珠美の様子に、慶司はわざと明るい口調で言った。

「まぁ根気よく捜すさ。俺たちはそう簡単に諦めたりしない」

　日本の警察は優秀だからな、と付け加えた。簡単に諦められても困る。慶司は先生と話したことを手帳にメモして仕事に戻っていった。

「捜査が進展するといいですね」

　慶司の背中を見送り、珠美はぽつりと呟くように言った。

「そう祈りたいね。さて僕は少し仕事しないと」

「……また締め切りが迫ってるんですか」

「まぁね」

ここしばらく空き巣犯にかかりきりで、先生がパソコンに向かっている時間はかなり短かった。また怖い担当編集者に怒られるのではないかと心配になる。

そんな珠美の嫌な想像は、悲しいことに当たるもので。

「先生、もう原稿出来てますよね！　いつもギリギリばかりじゃ困るんですよ！」

思わず失礼な言葉が、珠美の口をついて出る。担当編集者の吉井紗耶香が勢いよくドアを開けて入ってきたのだ。ドアにつけられたベルが悲鳴を上げる。古いのだからもうちょっとそうっと開けて欲しい。

「出た」

「あら珠美ちゃん、人をお化けみたいに言わないでくれる」

美人な分、目を吊り上げると迫力が増す。本人に聞かれたら殺されそうだから言わないけれど、お化けというより、鬼？　妖怪？　どちらかのほうがしっくりくる。

前回の五月三日も、今となっては珠美のアリバイになったからいいものの、眠くて頭が働かなくなっている先生に、コーヒーと栄養ドリンクを飲ませて書き上げるまで寝かせないと仁王立ちで見張っていた。あのときはさながら地獄の門番のようだった。

今夜もここに先生が書き上げるまで居座るのは勘弁して欲しい。けれどそんな珠美の祈りもむなしく、吉井は先生の前にどっしりと腰を下ろして、仕事を始めようとしている。長くなる予感しかしない。

「コーヒーお願い出来るかしら？」

「はい、かしこまりました」

ピシリと音がしそうな吉井の声に、思わず背筋を伸ばしてカウンターに急いだ。

数時間後、今夜は徹夜だと言いながら帰っていった吉井を見送り、ぐったりした先生と一緒にルパンを出たのは、結局日付が変わる頃だった。

練習がたくさん出来たのはありがたいけれど、それにしても吉井はコーヒーを飲み過ぎだ。「さすがにもう止めにしたほうが……」とお客様に対して言ったのは初めてだ、と珠美は深いため息を吐いた。

第三章　被害者 or 加害者

1

月曜日。前日の夜更かしのせいで、ゆっくり寝たいところだったけれど、珠美は朝から製菓学校の授業があった。それに授業が終わればルパンでのアルバイトもある。珠美は一応自他共に認めるルパンの看板娘で、おじいちゃん世代には人気があるのだ。

「ただいま」

ルパンのドアを潜ると、常連客のみんなが口々におかえりと迎えてくれた。そんな中、先生だけは時間軸が狂っているようで、まだ寝癖の残った髪をそのままに寝ぼけた顔でコーヒーを飲んでいた。

朝早くから頑張っていた珠美とは反対に、先生は寝癖のついた頭を掻き(か)ながら、昼過ぎにルパンに現れたらしい。なぜか常連客はなんとなく座る場所が決まっていて、余程混み合わない限り奥のテーブルは先生のために空けられている。

「あ、たまみんおはよう」

「おはようじゃないでしょ」

先生のおかげで睡眠不足だというのに、全く悪いと思っていないらしい。そんな先生をしり目に、いつもなら制服に着替えてエプロンをつけるところだけれど、珠美は学校用のカバンをしまって出掛ける用意をした。

「じゃあおじいちゃん、ちょっとだけ出掛けてくるね。出来るだけ早く戻るから」

「気をつけてな」

おじいちゃんには昨日説明していたのでなにも言われなかったけれど、常連客のみんなにはデートなのかと冷やかされた。そうだと言いたかったが、残念ながらそうではない。適当に誤魔化してドアに手をかけたところで先生に呼び止められた。

「たまみん、ちょっとどこ行くの？」

手招きされて、無視出来ない性格を呪いながら先生のテーブルに近づく。

「なんですか。おつかいとか言わないでくださいよ」

「そうじゃなくて、もし佳代ちゃんの家に行くなら僕も一緒に行こうかと思って」

そう言われて珠美はギョッとした。どうして佳代の家に行こうとしているとバレたのだろう。考えても、そんな素振りをした覚えはなかった。

「佳代とは約束してませんし、家にも入れませんよ」

珠美は最近見たドラマで、犯人は現場に戻る、ともっともらしいことを言っていたのでなんとなく見に行こうと思っただけだった。ドラマの受け売りだと言ったら笑われるかもしれないし、先生には内緒で行こうと思っていたのに。

「いいよ」

ただ佳代の家に行くだけなのに、先生はなにをしに行くつもりだろう。またデートだと言い出すのではないかと一瞬疑った。しかし、一緒に行くと言ったわりに先生は全く動こうとしない。珠美は少しイライラして尋ねた。

「まだ時間かかります?」

「せっかくのコーヒーを味わってからでもいいかな。立ってると疲れるでしょ、座ったら」

おじいちゃんが淹れたコーヒーを残して行けとは言えないので、仕方なく先生の前に座って待つ。常連客がふたりでデートなのかと、ひそひそと言っているのは聞こえなかったことにする。

「先生はなにしに佳代の家に行くんですか」

「特に用はないよ」

「じゃあどうして」

「もし君がひとりで行って、戻ってきた犯人と鉢合わせなんてことになったら危ないだろう？」

「犯人と鉢合わせ？」

先生の言葉に、珠美はサッと血の気が引くのがわかった。

そうだった。犯人が現場に戻るかもしれないということは、犯人と鉢合わせする可能性もあるということだ。もし犯人がものすごく悪い人たちだったら……。そう考えたら急に怖くなった。

「ね、危ないでしょ。僕みたいなのでもいないよりはましだと思わない？」

いないよりはましって、全然珠美を守ろうという気はないらしい。確かに先生は強そうではないけれど、一応男の人だし頼りになるはずなのに。

「よろしくお願いします」

「じゃあ、早速デートに行こうか」

「デートじゃありません」

「照れない照れない」

先生は満面の笑みで立ち上がった。やはりそう言うと思っていた。

しかしここで騒ぐと常連客が勝手に喜ぶので、珠美は反論するのを諦めた。盛り上がり過ぎて話に尾ひれがついたら、明日には商店街中に知れ渡る。そうなったらどこへ行っても冷やかされるに決まっている。

しぶしぶ大人しく、最近ではすっかりおなじみとなった先生の車に乗り込んだ。相変わらず先生の運転は心地好い。寝不足のせいもあって途中で眠ってしまうところだった。

星が丘に到着すると、佳代の家の近くに車を止めて門の前に先生と立つ。帰宅が許可されたらしく家の中から人の気配がした。もちろん佳代は仕事をしているだろうということで、あえて訪問はしない。

近所を見回る警官が何人もいるものの、門の前で見張りをしていた警官はもういなくなっていた。門の前に警官がいなくなっただけでずいぶん印象が変わる。黄色いテープが張られていたときは、とても物々しかった。

「普段の生活に戻ったみたいでよかった」

「そうだね」

あたりを見回しても人影はなく、高級住宅街は今日も静かだ。遠くの空を白い雲が流れていく以外に動くものはなにもない。

もしかしたら珠美たちが一番怪しいかもしれない。そんなことを思いながら、まっすぐ続く誰もいない道を眺めていると、誰かが遠くの角を曲がって現れた。どうやらこちらに向かって歩いているらしい。

「先生。あれ、タクシーの運転手さんじゃないですか？」

「え、本当だ。高木さんどうしたんだろう」

その人のほうに歩み寄ろうとした途端、珠美たちに気付いた高木らしき人は、なぜかもと来た道に引き返していった。

「あれ？」

そんな行動をしたら、怪しんでくれと言っているようなものだ。珠美は走って追いかけようとしたけれど、あまりにも距離が遠い。

「乗って」

「はい」

先生の車で高木が消えたあたりに行ってみたけれど、残念ながらすでにその姿はなかった。高木も車で来ていたのだろう。

「こんな所になにしに来たんだろう。仕事中には見えなかったけど」

佳代の家の様子を確認したら、すぐルパンに戻るつもりだったけれど、高木を見つけてしまったためにそうもいかなくなってしまった。

「タクシー会社に行ってみようか」

先生の提案で、そのまま先日行ったタクシー会社に向かった。受付に出てきたのは先日も話を聞いた男性だった。

「あぁ、高木ですか。今日は休むって電話がありましたよ。あいつが有休取るなんて珍しいなって、さっき同僚と言っていたところなんですよ」

有休……。さっき見た限りでは具合が悪そうには見えなかった。有休までとってあんな所でなにをするつもりだったのだろう。もしかしたら佳代の家に用があったのかと疑いたくなる。

先生が受付の男性に尋ねた。

「最近の高木さん、なにか変わった様子はありませんでしたか」

「変わった様子って言われても、俺たちはそれぞれタクシーに乗ってしまえば別行動ですからね」

すると、近くの席に座っていた同僚の男性が面白いことでも話すように割って入ってきた。

「事務所にいるときは真面目に見えるけど、プライベートではギャンブルが止められなくて借金が膨らんでるって噂ならあるぜ」

「ギャンブル、ですか」

先生の言葉に男性は大仰に頷く。

「そう、一度パチンコ屋で見かけたことがあるんだけど、仕事してるときとは顔つきが全然違って、声をかけられなかったよ」

「そういえば、少し前にもガラの悪いのが会いに来てたな」

「取り立て屋だろ」

珠美たちそっちのけで、ふたりの男性は楽しそうに話し出す。

ギャンブルにはまっているようには見えなかったけれど、人は見かけじゃわからない。もしどうしても借金で困っていたとして、裕福な佳代の家族が旅行してしまうことを知ったからといって、簡単に泥棒に入るだろうか。あまりにも短絡的過ぎる。

けれどひとり暮らしでアリバイらしいアリバイもなさそうだったし、犯人に近いことは否めない。珠美がチラリと横を見ると、先生はまた口元に拳を当てて考え事をしている。先生はどんな結論に辿り着くのだろう。

「すみません」

聞き覚えのある声に入口に目を向けると、そこには慶司が同僚刑事と立っていた。別の従業員が対応に出て行く。慶司はものすごく怒った顔をしてこちらを睨みつけていた。

慶司は「お前らなにやってんだよ！」と、タクシー会社の人と話している同僚刑事にばれないように、声に出さずに言っている。勝手なことをしたのが友達だと知れたら、慶司が怒られるからだ。珠美は心の中でごめんと手を合わせた。

声をかけられないうちに、先生とふたりでこっそりと事務所を出る。いずれ話を聞かれるだろう、けれど今慶司たちに捕まるのは得策とは思えなかった。とりあえず車に戻り、慶司たちが出てくるのをうかがう。

「どんな話をしてるんでしょうね」

「きっと僕らと同じようなことを聞いてるはずだよ。おそらく警察なら住所なんかも聞き出せるだろうしね」

「ということは、ついて行ったら高木さんの家に行けるってことですよね」

このまま向かえばの話だけれど。なんだか探偵にでもなったみたいでワクワクしてきた。

「ついて行ったら怒られるんじゃないの？」

先生が意外と冷静なことを言う。確かに慶司は珠美たちを見つけたときに怒っていた。だからといって珠美の好奇心はそんなことではおさまりそうにない。

「でもタクシーの運転手の情報を提供したのは私たちだし、ちょっとくらいいいと思いません？」

「それはどうかな。警察だって僕たちの話だけでここへ来たわけじゃないと思うよ。それなりに確証を持って来てるんじゃないかな」

だからあんなに威圧的な態度なのか。慶司の同僚の刑事は、かなり高木が犯人だと思っている感じが出ていた。

「もしかしたら、盗んだものからなにかわかったのかもしれませんね」

「それが一番可能性が高いだろうね」

どんな情報が入ったのだろう。早く慶司を捕まえて聞いてみたくてうずうずする。

車で待機していると、しばらくしてふたりが事務所から出てきた。慶司たちは慌てた様子で自分たちの車に乗り込むと、珠美たちに見向きもしないで走り出した。

「なにかあったのかな」

「とりあえず後を追ってみよう」

　慶司たちが乗り込んだ車は、パトカーではないなんの変哲もない黒いセダンだった。そのせいで目立たなくて見失いそうになる。それでも混み合った国道を走る慶司たちの車を、先生はつかず離れずの距離で正確に追いかける。先生の集中力には目を見張るものがあった。それが普段なかなか出ないのが玉に瑕（きず）だと、担当編集者の吉井が言っていたことを、珠美は助手席で思い出していた。

「あ、ついたみたいだ」

　慶司たちの乗った車は二階建ての古いアパートの前で止まった。少し離れた所に車を止めて、慶司たちの動きを見守っていると、慶司たちが一階のある部屋をノックして、自分でドアを開けて入っていった。

「カギが開いてたのかな」

「そうかもしれないね」

　先生は呑気にそう言うけれど、普通の人であれば、先生みたいにカギをかける概念がないということではないはず。

「気になりますね」

「うん、なにしてるんだろうね」

慶司たちが中に入ってからしばらく経つのに、なかなか出てこない。たった五分かもしれないけれど、凄く長く感じて珠美はたまらず飛び出した。

「ちょっ、たまみん」

後ろから追いかけてくる先生をおいて、そっとドアに近寄って様子をうかがう。全開のドアの中には刑事がふたり。高木の姿はない。しかしその部屋が凄かった。

「うわぁ、凄い散らかり方！」

驚いた珠美は思わず口に出して言ってしまった。ワンルームの部屋は荷物が少ないにもかかわらず、家探しでもしたように引き出しが全て開き、服が散乱して足の踏み場もなさそうだった。まるで佳代の家みたいだと思って、珠美の頭にはてなが浮かぶ。

それは泥棒が入ったということだろうか。この家に？　高木が泥棒なのではなくて？　なにか取るものがあるのだろうか。佳代の家ならともかく……。そんな考えが珠美の頭の中をぐるぐると回った。そのとき。

「君は誰かな。この家の人間とどういう関係が……」

慶司の同僚がこちらに声をかけてきた。あまりの衝撃に声を出してしまったせいで、アパートの中の刑事に気付かれていたのだ。部屋の奥で慶司が顔を覆って呆れている。

「あ、ドアが開いてたからつい。ただそれだけで……」

しどろもどろになって珠美が答える。

「覗いていた理由を聞かせてもらいましょうか」

眉間にしわを寄せた刑事が表に出てきてしまった。今逃げたら逮捕されるかもしれない。でも逃げなかったら確実に逮捕される。そう思っても怖くて動けない。それに、後ろをついてきたことがばれたら絶対怒られる。

「え、えっと……」

言葉に詰まっていると、誰かが後ろから珠美の腕を取った。ぎょっとして振り返る。

「たまみん、こんなところでなにしてるの。早く行くよ」

「えっ」

現れたのは先生だった。さも今から出掛けるみたいにそう言いながら、先生が車へ足を進める。ここの住人みたいな言い草だ。

「ちょっと待て！」

「急いでるので、失礼します」

刑事が呼び止める声に振り向きもせず、前だけを見て進む先生に引き摺られて、珠美も小走りになる。尚も追いかけようとする同僚刑事に、慶司が後ろから声をかけた。

「佐藤さん、これ」

「ん？　なんだ」

「ほら、たまみん今のうちに行こう」

　そのまま珠美は無理矢理先生の車の助手席に押し込められた。上手い具合に慶司が同僚刑事を引き留めてくれたおかげで、追いかけてこられることもなくて助かった。

「あんなに無防備に近づいたらまずいよ」

「ですよね。ごめんなさい」

　せっかくなにか掴めるかもしれないと思っていたのに、自分で全て台無しにしてしまった。珠美は肩を落としながら呟く。

「でも高木さんの部屋、凄く荒らされてたんですよ」

「荒らされてたの？」

「はい、泥棒がなにか探していたみたいにぐちゃぐちゃでした」

「へぇ、それは面白いね」

　面白いという表現が正しいかは定かではないけれど、先生の目に光が宿る。

「慶司くんにはメールしてあるから、とりあえずルパンに戻ろう」

　珠美が暴走している間に、先生は慶司にメールを打ってから助けに来てくれたらしい。だから珠美たちを逃がしてくれたということだ。きっと夜には慶司がルパンにやってきて、お説教されるはず。でもそのときが情報を聞き出すチャンスでもある。

　あの佐藤と呼ばれていた刑事は怖いけれど、慶司だけなら全然怖くない、と珠美は懲りずに考えた。

「慶司が教えてくれるといいんですけどね」

「あまり派手に動くと捜査妨害だって言われて捕まるからね。捜査妨害をしないためにも教えてもらえるといいね」

逮捕されるのは困る。けれど気になる。先生はそんな珠美を、本でも書くつもりなのかと笑う。まさか、珠美に本が書けるわけがない。ただの好奇心、佳代のおばあさんのためということもあるけれど、やはり好奇心が勝っている。珠美は思わず口を尖らせた。

「先生も気になるでしょ」

「そりゃそうだよ。現実に身近で事件が起こることなんて滅多にないんだから。こんなチャンス放っておく手はないよ」

だったらどうしてあの場から逃げ出したのだろう。刑事から話を聞けばよかったのに……と考えたところで珠美は頭を振る。

あの怖い顔の刑事が優しく教えてくれる、はずがない。それで慶司に聞こうということなのか。

2

ルパンに戻ると、珠美は制服に着替えてエプロンをつけた。おじいちゃんと交代し、先生にコーヒーを淹れる。おじいちゃんは新聞を開きながらそういえばと呟いた。

「珠美、さっきここに電話したか？」

「ううん。してないけどどうして？」

おじいちゃんは携帯電話を持っていないので、アルバイトに遅れそうなときなど連絡を取りたいときは、ルパンの固定電話にかける。しかし今日はおじいちゃんに断って出かけたので、かける必要がなかった。

「いや、さっき電話がかかってきたんだが、すぐに切れてしまって。またカバンの中で珠美の携帯がかけた、とかもないかい？」

「今日はかけてないよ」

何度かスマホのロックをかけずにカバンにしまい、勝手にリダイヤルしてしまったことはある。念のためスマホを取り出して調べてみても、リダイヤルした履歴はなかった。おじいちゃんはそうかと一言言うと、また新聞に視線を戻した。

ほかに客もいないので、一番奥の席にコーヒーを運んで先生の前の席に座った。

「それにしても、いつの間に慶司と連絡先交換してたんですか」

珠美は先生と慶司がそんなに仲良くなっているとは思わなかった。

「前に三人で捜査会議をしたときかな。たまみんがコーヒーを淹れてくれている間に交換したんだよ」

珠美が真剣にコーヒーを淹れている間にそんなことを。ちょっと席を外している間に、恋人と親友が仲良くなったみたいな複雑な心境だと珠美は思った。どっちも恋人じゃないし、親友でもないけれど。

「仲が良くてなによりです」

「心配しなくていいよ。たまみんと慶司くんの仲を疑ったりしてないから」

「ちょっと待って、慶司とは疑われるような関係じゃありませんけど」

「わかってるって、たまみんには僕がいるんだから」

またいつもの頬杖をついて上目遣いの先生に、なんだかモヤモヤする。その満面の笑みがどういう意味なのかと思うと、頭が痛くなってきた。

「私に彼氏はいませんけど」

「じゃあこれから慶司くんと付き合うの？」

い。

「慶司くんはどう思っているんだろうね」

先生の問いかけに珠美はげんなりとする。慶司が珠美のことを好きなはずがない。子供の頃は珠美よりも小さくて泣き虫だった慶司を、珠美も異性として見たことはもちろんない。

「まさか」

「慶司はただの幼馴染です」

珠美がそう言うと、先生はまたにっこりと笑った。

「じゃあいいじゃない」

「どうしてそこで二択しかないんですか」

世の中に男の人はごまんといるというのに、自分が恋人に収まって当然だという顔をしないで欲しい。どうせ珠美の周りにはふたり以外はおじいさんばかりだけれど、選ぶ権利くらいはあるはずだ。ダメなの？　と可愛く首をかしげられても、「あなたもう三十歳ですから！」と突っ込んでやりたくなった。

「ところで慶司とは何時の約束なんですか」

珠美も先生と同じようにテーブルに頬杖をついて窓の外を見る。まだ慶司の姿は見えない。

「特に約束はしてないよ」

「は？　慶司と約束したって言いませんでした？」

思わず身を乗り出して先生を正面から見据えた。

「いや、たまみんを連れ出すから刑事さん引き止めててってメールしただけだよ」

慶司と約束しているから戻ってきたのだと思っていたのに、ちゃんと約束をしていないと聞いてがっかりした。肩を落とす珠美をよそに、先生は「約束しなくても、慶司くんは来るから心配しないで」と自信満々で言うけれど、本当に来るかは疑問だった。

けれどこうやって先生が確信を持って言うならそうなのかなと、しぶしぶ納得して待つ。慶司は珠美が電話しても、相手が珠美だとわかるとスルーするような奴なのだ。連絡したところで捕まるとは思えない。

それにあの怖い刑事と一緒だったら困る。電話にしろ一緒についてくるにしろ、ただでは済まないだろう。それなら先生の言葉を信じるほうが一番害がない。

「ほら来た。たまみんは罪な女（ひと）だよね」

「意味がわかりません」

ガラスの向こうに一台の車が止まり、運転席から降りてきたのは本当に慶司だった。ガラス越しに目があって、一瞬嫌そうな顔をされた。

「そんな顔をするくらいならここに来なければいいのよ。ここは私のアルバイト先なんだから」

そう言ってやりたいところだけれど、今日の慶司はちょっと気が立っているように見えるので口を噤む。

「いらっしゃい」

「こんばんは」

おじいちゃんに出迎えられた慶司は、なんの躊躇（ちゅうちょ）もなく珠美たちのテーブルにやってきた。客が先生以外いなかったから、珠美ものんびり座っていたけれど、慶司が来た以上働かなくてはならない。水とおしぼり、そしておじいちゃんが淹れたコーヒーを持って一番奥のテーブルに運ぶ。

「あ、おじいちゃん、後は私が片付けておくからいいよ。もうお客さんも来ないだろうし」

「そうか、じゃあ頼んだよ」

最近長時間の仕事は辛くなってきたと言うおじいちゃんに、そう声をかける。少しでも早く帰って休んでもらいたい。

それに最近はこの三人で作戦会議をすることも増えていて、聞かれたらきっとおじいちゃんが心配すると思う。おじいちゃんを見送り、テーブルに戻ると慶司がコーヒーに砂糖をたっぷりと入れているところだった。その様子に珠美は呆れて大きなため息を吐いた。

「せっかくのコーヒーが台無しじゃない」

「これが美味いんだよ」

確かに砂糖いっぱいのコーヒーを美味しそうに飲んでいるけれど、おじいちゃんが帰った後でよかった。

「あ、そうそう、今日のはなんだよ、珠美」

コーヒーを二口ほど飲んだところで、慶司が珠美に食ってかかる。

「なんだよってなにが」

「なにがじゃねぇよ、あの後大変だったんだからな。上司がお前のことを任意で聴取するとか言い出して」

「ウソ！」

警察に連れて行かれたらと思うとゾッとする。先生が連れ出してくれて本当によかった。

そこで慶司は姿勢を正して先生に向き直る。

「一応、適当に誤魔化しておきましたけど。先生が犯行日を特定したことを話して宥めたんで、いろいろ聞いて来いって言われてきたんですよ」

それで纏う空気が刑事のままなのかと納得した。

「君たちの出方次第だよ。僕は自分の作品のために調べてるだけだから、犯人逮捕には興味ないんだよね。だけど警察が持ってる情報を出すなら僕も出すけど」

なんという強気な発言だろう。さっき珠美をからかっていたときの先生とは別人のようだ。腕を組んで少し考える仕草をした慶司は、ため息をひとつ吐いてから意を決したように口を開いた。

「ここで話すことは、絶対に外には漏らさないと約束してください。俺が言ったってバレたらやばいんで」

「それはもちろん」

慶司は誰もいない店内を見回して、一度深呼吸した。珠美まで緊張してくる。

「それならお店閉めちゃうね。もう誰も来ないと思うけど」

大事な場面で邪魔が入っては困る。外に出て看板を消し、クローズの札をかけた。

「これでよし」

また一番奥のテーブルに戻って先生の横に座ると、すでに先生と慶司の話は始まっていた。

「へぇ、質屋から足がついたのか。今時ならネットオークションという手もあっただろうに」

「え、なになに?」

珠美の問いかけを無視して慶司は続ける。

「結局持ち帰ったみたいなんですけどね。でも、持ってきたのはオルゴールだけだったみたいなんですよ」

慶司に無視されて腹は立ったけれど、珠美は口は挟まず、ふたりの会話から内容を推測する。

どうやら佳代のおばあさんのオルゴールが質屋に持ち込まれたらしい。盗んだのは宝石や貴金属などたくさんあったはずだ。オルゴールよりも高く売れそうなものなのに、持ち込まれたのはそれだけだったらしい。

「そのオルゴールはそんなに高価なものじゃなかったよね、たまみん」

「はい、佳代もおばあさんもそう言っていました。おばあさんにとってはとても大事なものだけど、宝石箱型のオルゴールで、特に高価なものというわけではないはずです」

初恋の人が作ってくれた大切なオルゴール。きっと一億払うと言われても売らないだろうとは思うけれど、どうしてもっと高価なものを出さなかったのだろう。

「そうなんですよ、だから質屋の主人も安い値段を提示したらしいんです。そしたら預けるのをやめたそうです。質に入っていればもっと早く素性がわかったんですけど。唯一の情報が如月タクシーの運転手だってだけで」

なんでもタクシー会社の制服を着たまま質屋に来たそうだ。全然罪の意識がないというか、ずさん過ぎて開いた口が塞がらない。

「でも如月タクシーの運転手なんてたくさんいるじゃない」

この間タクシーの話はチラッと話したけれど、運転手の名前までは教えなかったのに。

しかし慶司はなんでもないことのように言う。

「ふたりから西畑さんが旅行するときにタクシーを使ったって聞いてたから、西畑さんを乗せたタクシーを調べたんだよ。それで高木だってわかった。捜査本部は高木を容疑者として捜査を進めてる」

　珠美たちはたまたま佳代から教えてもらっていたけれど、警察が調べればそれくらいのことはすぐにわかることだ。

「でも、犯人はひとりじゃないんでしょ？　他の犯人は見当がついてるの？」

「まだだよ。それを調べに高木の部屋に行ったんだ」

捜査が思ったように進んでいないのか、慶司は不貞腐(ふてくさ)れたように椅子に凭(もた)れて答えた。

「で、高木さんの家に行ってどうだったの？　凄く散らかってたけど」

日頃から散らかった部屋に住んでいる人もいるとは聞いているけれど、ちょっと珠美にはあの部屋に住むことは考えられなかった。男のひとり暮らしにしてもあまりにも散らかり過ぎだ。ただ物が散乱しているというよりは、荒らされたと言ったほうが納得出来る。それに、あんなに丁寧に車を洗っていた人の部屋だとは思えなかったのだ。

「最初はただ散らかってるだけかと思ったんですけど、どうも違うみたいです。玄関のカギも壊されてましたし」

「やっぱり」

先生はなにか勘付いた様子で、小さく頷きながら慶司の話に耳を傾けている。拳を口元に当てているから、今パズルのピースが少しずつ嵌(はま)っているはずだ。

「どう見ても誰かに荒らされたって感じだった。なにかを必死に探してたんだと思います」

「なにかって……」

「もし高木が犯人のひとりなら、仲間が分け前を盗みに入った、とか」

珠美は息を呑む。それは仲間割れしたということだ。

「なにか変わったものはなかったのかな？」

「唯一痕跡と言えるものは、玄関に残った靴跡くらいで、そのほかはなにも。手袋はタクシー運転手ならいつもしてるでしょうから西畑家に入る時に使った証拠にもなりませんし」

「盗んだものは見つかった？」

「ひとつも見つかりませんでした」

「じゃあオルゴールは？　オルゴールは持ってたはずだよね」

オルゴールを質屋に持って行ったのに質に入れられなかったのなら部屋にあるはず。

「それもありませんでした。もともと部屋に置かずに今も手元に持ってるのかもしれないし、もしかしたら盗まれたのかもしれない。ほかの質屋に入れたってことも考えられます」

もし盗まれたのだとして、そんなことを誰が？　やはり共犯者がいて、その人が盗んだということなのだろうか。

「だけど佳代ちゃんの家の足跡は、ふたつとひとつで時間帯が違ったんだよね」

「はい、それは先生の指摘通りでした。ふたりが侵入してしばらくしてから、ひとりが庭まで入ったと考えられるそうです」

警察は高木と共犯者が侵入したと仮定しているようだった。少しの間口元に拳を当ててなにか考えていた先生は、意を決したように話し出した。

「これは僕の推理だけど、どうしても高木さんが最初に侵入した犯人のひとりだとは思えないんだ。高木さんは職場で、それほど周りの人と仲が良いようには見えなかったよね。職業柄個々に行動しているからというのもあるだろうけど、パチンコ屋で見かけて声がかけられないくらい顔つきが違ってたって言われたり、職場に借金の取り立てが来たり、あまりいい印象を周りに持たれてなかったと思うんだ」

「そういえばそんな風に言われてましたね」

タクシー会社で聞いた話だと、仕事は真面目だと認められてはいるものの、プライベートまで関わっている人はいなさそうだった。

「それに独身のひとり暮らしで、旅行に行くような相手もいないって言ってたし、たいして仲の良くない相手と共謀して盗みに入るとは思えない。裏切られるリスクが高過ぎる。今はインターネットで共犯者を探すこともあるらしいけど、それだとなんだかしっくりこないんだよね」

計画的に相手まで探すという可能性は、今回のずさんな行動と結びつかないと先生は言う。慶司は手帳を指で叩きながら答えた。

「高木の部屋にパソコンはありませんでした。ネット環境も整ってなかったので、持ち去られたわけではないと思います。ただネットカフェやスマホを使うって手もあるので、完全に否定も出来ません。それに共犯者が高木の部屋を荒らしたと考えるほうが筋が通ってます。それでも先生は、高木は後から入ったほうだと言いたいんですね」

「うん。だって高木さんの靴跡は、後から入ったほうと一致してるよね」

この一言にさっきまで鋭く反論していた慶司が怯(ひる)んだ。

「どうしてそれを……」

「やっぱり。玄関に残った靴跡のこと、詳しく言わないから気になってたんだよね」

半分カマをかけただけだったようだけれど、慶司はまんまと嵌ってしまったようだった。がっくりと肩を落として、仕方がないと言いたげに詳細を語り出した。

「高木の玄関に残された土の残った靴跡と、西畑さんの庭で見つかった下足痕は一致してます。先生の推測通り後から入ったほうです。恐らく犯行の後、家に帰ったときについたものだと思います。もしかしたら靴は今も履いているかもしれません。土のついた靴は玄関にありませんでしたから」

部屋を荒らされたときに犯人がつけたものではなくて、三日の雨の後、高木自身がぬかるんだ庭を歩いたという証拠。土が玄関にあるのに靴がないということは、今も履いているか処分したか。慶司は降参だと言いたげに、手帳をテーブルの上に放り投げた。

「でもどうして後から入ったほうだとわかったんですか？」

納得がいかなくて珠美が先生に質問すると、先生は簡単なことだと言った。

「高木さんはお金に困ってて、部屋に荷物も少なかったんでしょ。僕はたまみんを助けに行ったときにちらっと見ただけだけど、玄関に高木さんの靴はなかったよね」

「はい、そうです」

あのとき慶司だけが靴を脱いで部屋の中にいて、佐藤という怖そうな刑事は珠美と一緒に玄関先にいた。玄関にあったのは慶司の靴一足だけだった。

「多分一足しかない靴を仕事にも履いてるはず。タクシー会社に会いに行ったとき、高木さんはローファーを履いてたでしょ。だからいつものローファーで侵入したと考えたほうが自然だと思ったんだ。お金がないのにスニーカーをわざわざ買うようなことはしないだろうし」

「じゃあ、先に佳代の家に泥棒に入った犯人たちは誰なんですか？」

高木が犯人でないなら捜査は振り出しに戻ったようなものだ。

「それを調べるのは警察の仕事だから」

「先生の言ってることはもっともだと思いますけど、高木が事件に関係してるってことは確かなんです。玄関の土も西畑家の庭のものと同じ成分が検出されてます。これは間違いないですよ」

どうやら慶司が必死になっているのは、警察が高木を容疑者として指名手配したかららしかった。

先生の話はあくまでも推理だし、高木が佳代の家の庭に入ったことは間違いない。まだもやもやしたものが珠美の胸に渦巻いているけれど、高木が捕まったら後ふたりの犯人も見つかるかもしれない。もしそうなれば一気に事件が解決する。

話が終わり、一度署に戻るという慶司を見送ろうと珠美はルパンの入口のドアを開けた。すると、なにかにドアがぶつかった。

「誰よ、こんなところにものを置いたの」

看板も入口の照明も消していたから、足元のそれがなにかすぐにはわからなかった。しかし、それを拾い上げて、珠美は一瞬息を呑んだ。

「先生！」

「どうしたの？」

珠美の悲鳴にも似た声に、一番奥のテーブルから先生が走ってきた。

「なんで俺じゃないの？」

珠美の真後ろで慶司が不貞腐れているけれど、とっさに思い浮かんだのが先生だったのだから仕方がない。

「慶司いたんだっけ」

「チェッ」

「ちょっと見せて」

そんな慶司に構わず手を伸ばしてきた先生にそれを渡す。

それは紙袋に入ったオルゴールだった。佳代の家で見たことのある、おばあさんのオルゴールに間違いない。袋から取り出して見ようとしたところで、横から慶司にひったくられた。

「おっと、むやみに証拠品に触るなよ。これは俺が預かる」

これが犯人の手がかりになるかもしれないということか。でもいつの間にこんなところに置いていったのだろう。全然気が付かなかった。

「これ、高木さんが持ってきたんでしょうか」

「多分ね」

「なんで高木がここを知ってるんだよ」

慶司には言っていなかったけれど、これは先生の作戦だった。

あの気の弱そうな高木にルパンのマッチを渡し、なにか手がかりを引き出そうとしていたのだ。予想以上の手がかりが手に入ったのは嬉しい誤算というものだ。先生にしても、ここまで上手くいくとは思っていなかっただろう。

「僕の勘だったんだけどね。彼がオルゴールを持っている気がしたから、おばあさんがオルゴールを盗まれて寝込んだ話をしたんだよ」

「はぁ……」

慶司が口をぽかんと開けてしまうのもよくわかる。先生の抜け目のなさは想像以上で、珠美も驚いたくらいだ。

「きっと今日、高木さんは佳代ちゃんの家にオルゴールを返しに行ったんじゃないかな。僕たちが邪魔してしまったようだけど」

「それで仕方なくここに持ってきたってことですか」

「多分ね、佳代ちゃんの家は制服警官が巡回してるし。ここは……」

先生がチラリと慶司を見る。巡回の警官はいないけれど、一応刑事はしょっちゅう来る。

「俺がいるんですけれどね」

「たまみんの幼馴染が刑事だなんて思わないだろうから」

憮然とした表情の慶司に、先生が苦笑する。確かに慶司は制服を着ているわけではないので、言わなければわからない。

「とりあえずこれは預かっていきます。なにか手がかりが見つかるかもしれませんから」

「仕方がないね」

先生は素直に諦めたようだけれど、珠美は慶司に詰め寄った。

「どれくらいで返してもらえるの？」

表情を曇らせていた佳代のおばあさんの姿が、珠美の脳裏にちらついた。せっかく戻ってきたのなら、早く佳代のおばあさんに返してあげたい。

珠美の真剣な表情に、慶司も真剣なまなざしを返す。

「それはなんとも言えないけど、早く返せるように努力はするよ」

「わかった……よろしくね」

先生とふたりで、オルゴールを警察に持っていくと言う慶司を見送った。

「先生、高木さんはやっぱり空き巣犯じゃないんですか？」

一番奥の席に戻ろうとする先生の背中に、珠美は問いかけた。そしてまた元の席に座る。

高木がおばあさんのオルゴールを持っていたことが、どうしても気になって仕方がない。

おばあさんがオルゴールを庭に置くはずはない。さっき見た感じでは、オルゴールは三日の日の大雨に晒された様子もなかった。盗みに入らなければ手に入れられないものなのに、それを大切なものだと聞いたから返すというのは、ちょっと変だ。

それに、他の貴金属も大切なものには違いないのに、わざわざ見つかるかもしれない危険を顧みず、オルゴールだけを返しに来たのだ。テーブルに頬杖をついて悩む珠美の思いを察したのか、先生はでもねと呟いた。

「僕は違うと思うよ。庭に入ったのは事実だから、一度は考えただろうけど」

「怖くなって共犯者を置いて逃げたとか？」

気の弱そうな人だった。たまたま受け取ったオルゴールだけを持って逃げたと考えても不自然ではない。

「そうかもしれないし、そうじゃないかもしれない」

先生の言い回しに、珠美は眉間にしわを寄せる。先生は自分の中で確証がないことに対しては、こういう言い方をするのだ。ふたりで考え込んでしまっても仕方ないので、珠美は思いついたことをどんどん先生に言ってみることにした。

「自分は家には入らずに共犯者が運び出したものを持って逃げたから、共犯者に泥棒に入られたっていうのはどうですか？」

「面白い発想だけど、高木さんは突発的に動いてばかりだから、ネット掲示板とかで共犯者を見つけてる時間はなかったと思うよ。それに盗聴器を仕掛けて綿密に計画していたのなら、送迎依頼を受けた高木さんがポケットティッシュを渡すのも変だ」

そうだった。すっかり忘れていたけれど、佳代の家には盗聴器が仕掛けられていた。それに写真付きの名刺の入ったポケットティッシュも忘れてはいけない。

「盗聴器なんて、そんなに簡単に手に入るものなんですか」

「たまみんは知らないかもしれないけど、あるところにはあるし、今はネットでも買えるからね」

そんなに簡単に手に入るものだとは知らなかった。けれど簡単に他人の家に設置は出来ない。他人の家に入ってテレビボードをずらしてコンセントを触っていたら、誰が見ても怪しいはずだ。それを家族が気付かないはずがない。特におばあさんは基本的に家にいるのだから。

「盗聴器を仕掛けるために侵入するってことはないですか?」

みんなが寝ている隙に仕掛けたのだとしたら、気が付かないかもしれないと思った。

しかし「それが出来るくらいなら、そのときに盗みを働いたほうが早いよ」と言われて、珠美も黙り込んだ。確かに、わざわざ二度手間になるようなことをする必要はない。それに、おばあさんの部屋は一階のリビングの横にある和室だ。寝ていたとしてもさすがに気付くだろう。

再び行き詰まって珠美は腕を組む。

他に思いつく人といえば……。佳代に聞いてみるしかなさそうだった。

「佳代に電話して、最近家に入った人がいるか聞いてみます」

「そうだね。誰か心当たりがあるかもしれない」

先生はすっかり冷めてしまったコーヒーを一気に飲み干した。

家に入った人ということは、佳代の家族の知り合いかもしれないということで、知り合いを疑うのは佳代たちにとって辛いことだ。知り合い以外にも該当者はいるかもしれないけれど、どちらにしても犯人を捕まえるためには、いろいろ聞かなくてはいけない。

珠美は意を決して佳代に電話をすると、自宅に帰れたおかげか、少し元気を取り戻したような声が返ってきた。

『たまちゃん、どうしたの？』

「実は、おばあさんのオルゴールが見つかったの。証拠品として警察が持っていっちゃったんだけど、必ず返してもらえるから」

珠美の言葉に、電話の向こうで佳代が声を上げて喜んだのがわかった。

『そうなの？　おばあちゃん喜ぶと思うわ！　教えてくれてありがとう』

喜んでくれているのはとても嬉しいのだけれど、今からちょっと嫌なことを聞かなくてはいけないと思うと、珠美のテンションが下がる。すると、先生が珠美に顔を寄せた。

「ちょっと代わろうか」

「え、先生？　佳代、先生に代わるね」

珠美が話しにくいのを察知したのか、それとも自分で話したほうが早いと思ったのか、きっと両方だ。先生がスマホを受け取り、スピーカーモードに切り替える。

「高峰です、こんばんは。ちょっとお聞きしたいことがあるんですが、構いませんか」

『えぇ、先生にならなんでも』

珠美の声は弾んでいる。先生のファンだということはわかっていたけれど、今ならスリーサイズを聞かれてもサラッと答えてしまいそうな勢いだ。スピーカーにしてふたりで聞いていることを、佳代は知っているのだろうか。

「最近半年以内に君の家に入った、家族以外の人って覚えてるかな」

『半年、ですか』

先生の問いに、佳代が詰まる。どうして半年なのだろう。きっと佳代も珠美と同じ疑問を抱いている。

「個人宅への泥棒の下調べに、そんなに時間をかける必要はないと思うんですよ。銀行に押し入るわけじゃあるまいし」

誰かのストーカーならまだしも、目的は泥棒だ。それに半年以上前を振り返れと言われても無理な話だ。

先生の意見に珠美はなるほど、と頷き、佳代に「なにか覚えてない？」と促した。

『ん〜、親戚がお正月に挨拶に来たのと、たまちゃんが遊びに来てくれたくらいかな』

「だとしたら、私もだけど、お正月の挨拶に来た親戚もシロだよね」

一度佳代の家のお正月に招かれたことがあるけれど、料理を運んだり挨拶をしたりで入れ替わり立ち替わりではあるものの、必ずリビングに家の誰かがいたし、リビングにひとりきりにはならなかった。

「ほかにはいるかな？」

『家族以外の人だと、そういえばデパートの外商の人とか、リフォームの営業とか。インターネット回線の営業とか、後、壷を売りにきた人とか、いっぱい来てたみたいだけど……』

デパートの外商って本当にいるんだ……と珠美は関係ないところで感心してしまった。そして聞けば聞くほど怪しい人たちが出入りしていることがわかった。庶民の家以上に怪しい人が、裕福な家には集まるのだということも。

「その中で、家の中まで上がった人はいましたか」

『えっと、デパートの外商の人と、盗聴器が家にないか調べてくれるって言った人だったと思います』

珠美の眉が思わず寄る。外商の人はともかく、盗聴器を調べる人というのがものすごく怪しい。

「そうですか。外商の人はいつも来る人ですよね」

『はい、ときどき買い物をした品物を運んでくれたり、おすすめの商品を持って来たりするんです』

「それならその人は問題ないでしょう。怪しいのは盗聴器を調べに来た人ですね」

先生の言葉に珠美も頷く。しかもその人はおばあさんしか家にいないときに来たらしかった。どうしてそんな怪しい人を家に入れたのだろう、と珠美が思っていると、「年頃の娘がいる家に盗聴器があっては大変だ」と言われて、思わず家に入れてしまったらしい。孫が危ない目にあうかもしれないと言われたら、おばあさんが心配するのは当然だ。人の弱みにつけ込む酷い奴だ、と珠美はひとり口を尖らせた。

「きっとそのときにつけられたんだよね」

珠美の呟きに、恐る恐る佳代が尋ねる。

『もしかして、その人が犯人ってことですか?』

「恐らくそうだと思いますよ」

『……』

先生の言葉を聞いて、佳代はしばらく黙ってしまった。相当ショックを受けたはずだ。

「その業者の連絡先はわかりますか」

『……わかりません』

先生の問いかけに佳代は力なく答える。どんどん佳代の元気がなくなっているのがわかって、かわいそうで聞いていられず、珠美は声をかけた。

「慶司に話しておくから、きっと犯人を捕まえてくれるよ」

『うん』

そうやって慰めるしかない。でもきっと慶司なら犯人を見つけてくれるはず。いや、見つけなかったらぶっ飛ばしてやる。

とりあえずタクシーの運転手のことは、今話すのは止めておくことにした。これ以上佳代を傷つけるのは珠美も辛い。

「きっと近いうちに犯人は捕まると思いますから、安心してください」

『はい、ありがとうございます』

電話を切って、ふたりで大きなため息を吐いた。

「本当に近いうちに捕まるんですか」

珠美は座席でうな垂れながら先生に聞いてみた。すると先生は意味ありげな表情で言う。

「多分ね、日本の警察は優秀だから。それに、それ以外のことも解決すると思うよ」

「それ以外のことって?」

珠美の質問に答えることなく、先生は微笑んでコーヒーカップを持ち上げた。

「コーヒーのおかわり淹れてくれる?」

「……もう閉店です」

「たまみん、そんなつれないこと言わないでさぁ」

ぶーぶーと年甲斐もなく唇を尖らせる先生を、珠美は冷たい目で睨みつける。一瞬でもこの人を天才かもしれないと思って損した。

3

高木が自首したと聞いたのは、その翌日だった。

慶司は直接ルパンに報告にきたわけではなく、珠美宛てにメールで簡潔に内容を知らせてきたのだった。ただ事件が急展開したことで、忙しくてルパンに来る暇がないのは理解出来た。

一番奥の席でパソコンに向かっている先生にこっそり報告すると、先生は意外そうでもなく、あっさりと受け入れた。しかし珠美のほうは、この展開に納得がいかなかった。

「おかしいと思いません？　逃げてたんですよ。こっそりオルゴールを返して、なかったことにしようとしたのかもしれないんですよ」

いつも通り珠美は先生の目の前に座ってそう捲し立てた。

オルゴールは返して欲しかったけれど、返してくれればそれでいいということにはならない。一時でもあの優しいおばあさんを悲しませたのだ。自分のことではないのに、どうしても珠美には許すことが出来なかった。

「そんな風に思って返したとは限らないよ。ただ佳代ちゃんのおばあさんに対して、申し訳なくて返そうとしただけかもしれないし」

それならどうして今自首したのだろう。もっと早く警察に行けばよかったのに。部屋が荒らされて怖くなったのかもしれないと先生は言うけれど、珠美には身勝手な行動としか思えなかった。共犯者に裏切られたのか、裏切ったのかは知らないけれど、怖くなって警察に逃げるのは卑怯だ。

珠美はイライラと残り物のケーキをフォークでつついた。

「たまみん、そんな怖い顔しないで。ところで慶司くんからのメールを見せて欲しいんだけど、いいかな?」

苦笑している先生に、スマホごと渡して慶司のメールを見せる。ちょっと長めのそのメールをじっくり読んだ先生は、いつものように口元に拳を当てて、少し考えてから話し始めた。

「これは僕の想像だけど……」

＊＊＊＊＊

ゴールデンウィークの初日。朝一番で空港への送迎依頼を受けた。

依頼主の家から空港までそれなりに距離がある。連休初日から幸先がいいと笑顔がこぼれた。

意気揚々とタクシーを走らせ、依頼主の元へ向かうと、予想通りの豪邸が待っていた。門の呼び鈴を押すと、上品そうな家族が大荷物を持って家から出てきた。すかさず荷物を預かり、座席へ誘導した。

「空港へ向かいますが、よろしいですか」

念のため行き先を確認する。もしかしたら空港へ行く前にどこかへ立ち寄る予定があるかもしれないからだ。

「えぇ、よろしくお願いします」

しかし助手席に乗った父親らしい人物がそう言った。

シートベルトを締めて、軽くアクセルを踏みつつ「ご旅行ですか」と話しかけた。空港までのロングドライブになるだろうから、五人で無言では息が詰まる。「えぇ、そうなんですよ」と答えたのは、意外にも真後ろの席に座った老婦人だった。彼女が一番この旅行を楽しみにしているのだろう。

「どちらへ行かれるんですか」

　特に行き先に興味があるわけではなかったが、これもコミュニケーションのうちだった。北海道に行くと聞いて、ゴールデンウィークにはなにを目当てに行くのだろうかと考えた。以前乗せた客がラベンダーを見に行くと言っていたこともあったが、確かもう少し時期が後だった気がする。冬ならスキーやカニ目当て、雪祭りのようにメジャーなものはいくらでもある。けれど今の季節の知識はなかった。

「芝桜を見に行くんですよ。本当は五稜郭（ごりょうかく）にも行きたいんですけど、同じ北海道でも距離が離れ過ぎているから……」

　確かに北海道は広過ぎて、全て回るには時間がかかり過ぎる。強行突破したら、この老婦人は熱でも出すんじゃないかと思う。

「芝桜ですか。話には聞いたことありますけど、見たことありませんね」

「とっても規模が大きくて綺麗なんだそうですよ」

　芝桜は北海道だけでなく本州にも植生しているが、なんと言っても北海道は敷地面積が桁違いらしかった。わざわざ見に行く価値があるのだと言う老婦人は、真後ろに座っているから顔は見えないが、どれほど楽しみにしているかは、この弾んだ声だけでわかった。

「お天気が良いといいですね」

せっかくの旅行だ、楽しんできて欲しい。空港で精算をした際に、名刺入りのポケットティッシュを渡して見送った。

空港で客を拾って走り、その後も一日走り回った。そして翌日も雨だというのに人出は多く、連休のおかげで成果は上々だった。これならこのゴールデンウィークはいい成績が上げられそうだとアクセルを踏み込んだとき、胸ポケットにしまっていたスマホが震えだした。

こんなときに誰だよと無意識に舌打ちをして、タクシーを路肩に止めた。発信者を確認すると、それは登録されていない番号だが、忘れられないものだった。

出ることを躊躇していても一向に切れる気配がない。きっと出るまで待つつもりだ。逃げても無駄だと言われている気がして、観念して電話に出た。

『高木さん、なにか忘れちゃいませんか』

低い声が受話器の奥で脅すように言った。

「すみません。もうちょっと待ってもらえませんか」

そうは言っても、昨日までに返すはずの金は先週末の競馬で摩(す)ってしまっていた。次の給料日まではずいぶん日がある。

『困るんですよね、期日を守ってもらわないと』

「必ずなんとかしますから」

なんとか待ってもらうように話をつけたが、そう簡単に金を用意出来るわけがなかった。今ある現金を元手にパチンコで……。いや、最近負けっぱなしだからと思い直す。そもそもパチンコ程度で返せる額ではない。一瞬売り上げをちらりと見て、それだけは出来ないと首を振る。

誰か金を貸してくれないかと思ったところで、思い浮かんだ建物が一軒あった。あの家は昨日からしばらく無人だと聞いた。しかしそんなこと出来るはずがないとまた首を振る。ギャンブルはするけれど、犯罪は無理だ。そんな度胸などない。けれどこれ以上返済が遅れたら、奴らはまた職場にやってくるだろう。職場を追われるのは困る。どうしようもない葛藤(かっとう)を繰り返し、とうとう頭を抱え込んだ。

売り上げの札を数えてみる。そこそこの金額になってはいるが、これが全て自分のものになるわけではない。かといってこれを持って逃げたところで返済には全く足りない。

やはりもうあれしか手はないのか、と半ば投げやりな気持ちで一日の仕事を終え、タイムカードを押して事務所を後にした。

どうする、やるか。万が一失敗しても、刑務所に入るだけ。今更一年も前に離婚した元妻に迷惑がかかることはない。

ひとりコンビニ弁当で夕食を済ませ、仕事でいつも使っている手袋を持って家を出ようと玄関のドアを開けた。さっきまで降り続いていた雨は止み、わずかに雲の切れ目から見える月が背中を押しているかのように思えた。

心なしか震える手でカギをかけ、深呼吸をしてアパートを後にした。何度も進んでは引き返し、引き返しては進み、ようやく例の家に辿り着いたときにはすっかり日付が変わっていた。

閑静な住宅街は人の気配もなく、濡れた道路に街灯の灯りが反射しているだけだった。そして誰もいないひっそりとした家には、想像通り灯りもついていない。どうやって侵入すればいいのだろう。知識も道具もなにもないまま来てしまった。

このあたりは景観を損なうという理由で、電線が地中に埋まっているせいで電柱もない。踏み台になるようなものも当然ながら見つからなかった。塀をつたい、念のため裏口を覗いてみると、予想に反してその扉は開いていた。

ここで不審に思って引き返していればよかったのに、無用心だと思いつつも、開いていたことはラッキーだと思うことにして、足を踏み入れた。

やけに喉が渇く。緊張のせいか、雨上がりの高い湿度のせいか、息苦しささえ覚えてシャツのボタンをひとつ外した。

庭に回りこみ、ガラスを割って入ろうとこっそり進んでいたが、庭の真ん中で足を止めた。割ろうと思っていたガラスがすでに割れていたのだ。それは先に誰かが泥棒に入ったということを意味していた。よく見ると周りに自分のものとは別の足跡がいくつもあった。

もしかしたら、泥棒がまだ中にいるかもしれない。

そこで、なぜ裏口が開けられていたのかようやく気が付いた。浅はかだったと今更恐ろしくなってももう遅い。怖くなって腰を抜かしてしまい、ズボンの後ろが泥まみれになってしまった。けれどそんなことよりも、早く逃げなくてはいけない。慌てて立ち上がり、その家から飛び出した。

あたりに人影はなかった。今逃げればなにもなかったことに出来る。泥のついたズボンの後ろを隠すように、シャツを脱いで腰に巻いて帰ろうとしたが、そこであることに気が付いた。なぜか右手に持っている硬いもの。

「なんだこれ」

思わず声に出して、慌てて口を左手で塞いだ。きっと尻餅をついたときに掴んでしまったのだろう。確認しようとしたとき、かすかに車のエンジン音が聞こえて、思わずそのまま走り出した。ただ逃げることに無我夢中で、どうやって家に帰ったかは全く覚えていない。

「これ、どうしよう」

明るい部屋の灯りの下、この部屋には似つかわしくない宝石箱が鎮座していて、なぜかその前に正座している。念のため中を見てみたが、なにも入っていなかった。

どうせこんなもの、誰も気付かない。綺麗な宝石箱には違いないが、中に宝石は入っていない。中身はきっと先に手にした奴が持っていったのだろう。

庭には入ったがあの家には入っていない、そう自分に言い聞かせても心臓の鼓動がおさまらない。これが目の前にあるからいけないんだ。そうだ、そうに違いない。

少し泥のついた宝石箱をタオルで拭い、手近にあった紙袋に入れて押入れに隠した。

＊＊＊＊＊

「なんて感じの話はどう?」

そう言って、先生は軽くウインクをする。どうって言われても……。珠美は首をかしげた。

先生が今語った話は憶測でしかなくて、それに出来過ぎている。高木が本当にそういう人なのかも疑問だ。

「納得いってないみたいだね」

「ん～、そんなに小説みたいにいくかなって」

「だから僕の想像だって言ったでしょ。でもそんなに外れてないと思うんだけどね」

先生は珠美の肩越しに外の景色を眺めながら、一瞬頬を緩めた。

「どうかしました?」

先生が見ていたほうを振り返ると、見覚えのある車が目の前に止まり、運転席から慶司が降りてきた。慶司はにこやかに手を振る先生に会釈をして、入口のドアを開けてやってきた。

「いらっしゃい」

「マスター、コーヒーお願いします」

「かしこまりました」

慶司は当然のように珠美たちのいるテーブルにやってきて、珠美の横に腰掛けた。大柄な先生と慶司が並ぶと窮屈だろうとは思う。けれど珠美と座っても圧迫感がある。その圧迫感から逃げたくて、珠美は立ち上がりカウンターに向かうと、水とおしぼり、そしてコーヒーの用意をして待つ。本来なら先に水とおしぼりだけ持っていくのだけれど、慶司だからまとめて持っていくつもりだ。

「お待たせしました。って、最初からお砂糖入れないで、一口くらいそのまま飲んだらどうなのよ」

珠美がコーヒーをテーブルに置く前に、砂糖をスタンバイしている慶司についい苦情めいたことを言ってしまう。

「無理、俺は甘いのが好きなの」

あんたは乙女かと言いたいところを我慢した。

「はいはい、それなら缶コーヒーでも飲んでればいいのに」

「わかってないなぁ、ルパンのじいちゃんが淹れたコーヒーだから美味いんだよ」

砂糖もミルクもたっぷり入れる奴に、おじいちゃんのコーヒーの味を語られたくない。

「いいじゃないか、美味しく飲んでるんだし」

「そうですけど……」

先生に宥められてもやはり納得は出来ない。不貞腐れている珠美をよそに、慶司は胸ポケットから手帳を取り出して身を乗り出した。そして声を潜めて「そんなことより……」と切り出す。思わず珠美も先生も顔を寄せた。

「なに。なにがわかったのよ」

「あのオルゴールから指紋が出た。誰だと思う?」

「誰って、佳代とおばあさんと、高木さん?」

それ以外には思いつかない。珠美たちは触っていないのだから。なのに先生はうっすら笑みを浮かべている。

「おしいな。外側は西畑さんたちの指紋も取れたんだけど、一番奥の内側にあるオルゴールの隠された引き出しから別の指紋が出たんだ。きっとなにか探してたんだろうな」

なにかと言われてもそのなにかが思いつかない。それに誰の指紋なのかも。ほくそ笑む先生に珠美は抗議の声を上げる。

「もしかして先生はわかったんですか。ずるい……」

しかし先生は笑みを浮かべたまま言い切った。

「うん。多分、この近くの時計店強盗犯」

「えっ？」

「チェッ、なんでわかるんですか」

慶司の言葉に珠美も賛成だった。時計店強盗犯がこの事件に関係しているなどと、一度だって話にも出ていないのだ。

「でもどうして指紋が？　家の中にはひとつもなかったって言ってたじゃない」

「多分オルゴールの奥を調べるのに、それまでしていた手袋が邪魔になったんじゃないかな」

先生がそう言うと、「きっとそうだろうって鑑識も言ってました」と慶司が相づちを打つ。

でもどうして佳代の家に入った強盗犯が、時計店に押し入ったのだろう。

しかもそちらは夜中の留守宅ではなく、真昼間の正蔵がいる時間だ。あの時計店は一階が店舗で、その奥と二階が正蔵の住まいだから、無人になることはあまりない。それでも正蔵が二階で寝ているときのほうが、断然泥棒に入りやすいはずなのに。

珠美が思案していると、先生は慶司ににんまりと笑って尋ねた。

「で、僕たちになにをさせたいの？」

「僕たちって、私も？」

珠美は、自分も含まれていることに驚いた。「させたい」こととはなんだろう。今、珠美たちに出来ることがあるとは思えない。それでも先生は「たまみんがいないと始まらない」と言う。どういうことかと訝しげに先生と慶司を見比べていると、慶司が参ったなと頭を掻いた。

「さっき同僚と時計店に行ったんですけど、正蔵さん、犯人なんて見てないの一点張りで」

全く捜査に協力してもらえなかったと言う。正蔵はどう考えても正面から殴られているのだから、見ていないというのはかなり無理があるはずなのに。

「正蔵おじいちゃんはその犯人のこと、庇ってるってことだよね。それって知り合いってことじゃないの？　庇いたくなるほど大事な人ってことでしょ。そうとしか思えないよ」

珠美がそう言うと、先生も気付いていたのだろうか、なにもかもわかったというように頷いた。

「時計店に行けばいいんだね」

「お願いします」

慶司が頭を下げる。警察が聞き出せなかったことを、先生が聞き出せるのだろうかと少し不安に思いつつも、先生には作戦があるように見えた。

「じゃあ、そのオルゴールを預かろうか」

「え、あ、はい」

慶司は持ってきた紙袋ごと、オルゴールをテーブルに置いた。どうしてオルゴールを持っているのかと思っていると、鑑識での調査は終わったので、佳代のおばあさんのために慶司が頼み込んで持ってきてくれたらしかった。ただ自分でこれから返しに行くつもりだったようで、先生が必要としていることに驚いていた。

「多分、これがあったほうがいいと思うんだ」

そう言って、先生はまた微笑んだ。先生の頭の中は理解出来ないけれど、なんだか自信ありげなところを見ると、下手に口を挟む必要はなさそうだった。

「今から行きますか?」

どちらかというとせっかちな珠美は、今すぐにでも駆け出してしまいそうなのだけれど、先生は相変わらずのんびりとコーヒーを飲んでいる。

「明日にしようかな」

「えっ、明日ですか」

慶司も今すぐ行って欲しいのだろう。戸惑いを隠せない表情をしていた。きっとあの怖い顔をした佐藤刑事に、すぐになんとかしてこいと言われてきたはずだ。しかし先生はテーブルに両肘をついて指を組み、まっすぐ慶司を見つめて諭す。

「慶司くんさっき行ってきたんでしょ？　時計店に」

「ええ、まぁ」

「それなら今行ったら絶対警戒されるだろうから、ほとぼりが冷めてからのほうがいいと思うよ」

　確かにそうかもしれない。正蔵も珠美のおじいちゃんと同じで温厚そうに見えるけれど、意外と頑固だからわざわざ気分を逆なでする必要はないと思う。

　人というのは感情で生きている。いくら慶司が警察だからといってなんでも思い通りにいかないものだ。

「わかりました。明日話が聞けたら連絡ください」

「わかった」

　仕方がないという風に、慶司は諦めて帰っていった。慶司の後ろ姿を見送ってから、珠美は先生に向き直る。

「先生、なにか作戦があるんですよね」

　一応明日ついていく身としては、多少なりとも説明して欲しい。そうでないとまた突っ走ってしまいかねない。

「作戦なんてないけど、きっとこのオルゴールを持っていけば話してくれる気がするんだ」

先生はそう言ったきり、詳しくは説明してくれない。ただ話を聞き出す自信は十分あると言いたげな表情をしている。だからこれ以上は追及しないけれど、楽しいことでも待っているようにワクワクした様子は気になる。

そして突然なにかを思いついたように、先生はノートパソコンを開いて打ち込み始めた。こうなったら先生はどんな呼びかけにも気が付かないほど集中してしまう。締め切りが近いと言っていたし、諦めるしかなさそうだった。珠美は空になったカップを下げてカウンターに戻った。

「おじいちゃん、正蔵おじいちゃんっていつからあの場所に住んでるの？」

珠美はカウンター内で食器を拭いていたおじいちゃんに、何気なく尋ねた。年が違うせいか、若い頃はそれほど仲が良かったわけではなかったと聞いたことがある。それでも珠美が知る限り、おじいちゃんと時計店の正蔵、骨董品店の柴田は凄く仲がいい。

おじいちゃんはしばらく「うーん」と唸りながら空を見つめて考える。

「戦後しばらくしてだったかな。まだ中学生だった正蔵さんが、先代のやっていた時計店の養子としてきたんだったたと思うが……」

正蔵が養子だと初めて聞いて、珠美は驚いた。

「あの頃はそういう奴はたくさんいたよ。まともな家に養子に入れるなんて幸せなほうだ」

「そうなんだ……」

現代の珠美にはあまりぴんと来ない話だった。両親を戦争でなくした正蔵は、手先の器用さを見込まれて時計店に養子に入ったらしい。そういえば、珠美が高校生の頃に集めたオルゴールの調子が悪くなったときに、それを直してくれたのも正蔵だった。その後しばらくは佳代とふたりで正蔵をゴッドハンドと呼んでいた気がする。


翌日の午後、先生とふたりで時計店に行こうとルパンを出た。

このあたりに詳しいはずの先生が、時計店とは反対方向に向かって歩いていく。

「ちょっ、先生そっちじゃないですよ」

「うん、ちょっと寄り道」

寄り道って……。どこに行くのかと思ったら、行先は近くの和菓子屋だった。珠美もこの和菓子が好きだけれど、帰りでもいいのではないかと言いかけた。

しかし先生は「正蔵さんへの手土産に買っていこうと思って」と言いながら店に入っていった。

「それならもっと珍しいもののほうがいいんじゃないですか？　ここの商店街の人なら、この店の和菓子は食べ慣れてますし」

「だからこそ、これじゃないとだめなんだ」

珠美の提案も意に介さず、先生は少し前に佳代のおばあさんが買ってきてくれたどら焼きを六個買った。これは正蔵が自分で買っているのを見たことがある。手土産にしては驚きが少ない気がした。出来立てを紙袋に入れてもらうと、さっき昼食を食べたばかりなのに甘い香りが食欲をそそる。

温かいその紙袋を持って時計店に行ってみると、いつものように正蔵がカウンター横の作業机で時計の修理をしていた。

「おじいちゃん、こんにちは」

「おや、珠美ちゃんと先生じゃないか。今日はどうした」

そろそろコーヒーを飲みに行こうと思っていたのに、と言われて珠美は戸惑う。

「えっと……」

口ごもる珠美の横で、後は引き受けたとばかりに先生が一歩前に出た。

「今日はお茶にしませんか。出来立てのどら焼きを買ってきました」

「お、いいねぇ。今お茶淹れるから入って入って」

「お邪魔します」

そういえば正蔵はお酒を飲まない代わりに、甘いものに目がなかった。先生は本当に観察力がある、と珠美は感心した。

　正蔵に続いてカウンター奥の居間に上がり、ちゃぶ台の前に座る。小さい頃はこのちゃぶ台で、正蔵が時計を修理する姿をお絵描きした。あの頃は大きなちゃぶ台だと思っていたけれど、今見ると案外小さい。ちゃぶ台の天板にはハート型に削った傷が今も残っている。他にも多分珠美がつけただろう傷が、たくさんついている。なんだか懐かしい。

「はい、熱いから気をつけてな」

「ありがとう。正蔵おじいちゃんはどれがいい？　梅とお餅と栗があるよ」

「俺は梅かな」

ひと種類ふたつずつ入っている紙袋から、梅のどら焼きをひとつとって正蔵に渡した。

一口頬張ると、優しい甘さが口いっぱいに広がり、思わず頬が緩んだ。熱い日本茶によく合う。

　正蔵がひとつ食べ終わったタイミングで、先生が崩していた足を正座に変えた。慌てて珠美も座りなおす。

「実は、今日はこれを修理して頂きたくて伺いました」

先生が紙袋ごとちゃぶ台に置くと、正蔵は湯飲みを置いて手を拭き、紙袋を覗き込んだ。そして息を呑む。

「これをどこで……」

幽霊でも見たような驚きようだった。このオルゴールのことを知っているのだろうか。

「珠美さんの友人から預かりました。音が出なくなってしまったそうで」

正蔵が大切そうに紙袋からそのオルゴールを取り出した。それは生き別れた家族に再会したのかと思うほどの慈愛の表情で、これはなにかあると思わずにはいられない。

「持ち主は珠美ちゃんのお友達かい？」

正蔵はオルゴールから目を離さないまま、珠美に問いかけた。

「厳密には友達のおばあさんのなんだけどね」

「その人は今、どうしてる」

「最近お会いしたんだけど、とてもお元気そうだったよ」

珠美の答えに、正蔵は一層目を細める。そういえば、佳代のおばあさんもオルゴールの話をしたとき、こんな表情をしていた気がする。

「そうか」

正蔵は大事そうにオルゴールを紙袋に戻し、そっと作業机に運んだ。居間に戻ってくると、大きく息を吐いてゆっくりと腰を下ろした。

「君たちの用はそれだけじゃないんだろ」

さすが年の功と言うべきか、オルゴールのおかげで全てわかったと言いたげな顔で正蔵が先生を見据える。

「実はあのオルゴールから、ここに押し入った人物の指紋が出たそうです」

そう言われても正蔵は驚くこともなく、そうかと一言呟く。同時に視線を落として微笑んだ。

「犯人をご存じですよね」

「言わなきゃダメかね」

「出来れば」

言葉少なく先生が質問していくけれど、正蔵には全て理解出来ているような気がする。やはり正蔵は犯人を見ていたのだ。

「正蔵おじいちゃん、このオルゴールの持ち主のためにも教えて」

佳代のおばあさんを早く安心させてあげたくて、珠美も必死で頭を下げた。

「しょうがない。珠美ちゃんの頼みだしな。このオルゴールの持ち主がまだ元気だと知らせてくれたお礼に教えよう」

正蔵は話が長くなるとでも言いたげに席を立ち、キッチンで急須にお茶を淹れて戻ってきた。ゆっくりと湯飲みから湯気が立ちのぼる。珠美と先生も姿勢を正して耳を傾けた。

「うちに来たのは、俺の親友の息子たちだ」

正蔵はしっかりとした口調で珠美たちを見据えながら言った。先生は納得したように落ち着いた口調で返す。

「一九六〇年に起きた、資産家強盗致傷事件の犯人の息子さんですね」

そんなことまで知っているのか、と正蔵は感心していたけれど、先生はいつからそのことに気付いていたのだろうと珠美も息を呑んだ。

観念したように、正蔵は話し出す。

「五十五年前のあの事件の翌日、俺の親友三人が自首する前に家に来てね。警察に行くのを見送った後に気付いたんだが、当時作りかけだったあのオルゴールの中に、あるメモが挟んであった」

「それって……」

今回の犯人がオルゴールの中を調べた理由だ。珠美の呟きに、正蔵が目を細めて頷いた。

「そう、今思えば五十五年前に盗んだものを隠した場所を記してあったんだろう。だが、そのときは意味がわからなくて、そのメモを捨ててしまったんだ」

夜中に押し入ってまで探したものが、実は五十五年前に捨てられていたということだ。

「もともとあのオルゴールはある人に贈るつもりだったから、そんなわけのわからないものを入れておくわけにもいかなかったし」

そう言って、正蔵は懐かしそうにオルゴールを見やる。その正蔵の表情を見て、先生も微笑む。

「送る相手は西畑(にしはた)小梅(こうめ)さん……。旧姓、市川(いちかわ)小梅(こうめ)さんだったんですね」

「え～！　あのおばあさんの初恋の人が、正蔵おじいちゃんだったの？」

「えっ？　たまみん気付いてなかったの？」

今更知って驚く珠美に、逆に先生が驚く。正蔵はふたりのやりとりを見て、おかしそうに笑った。

「資産家の娘だった彼女の結婚は止められなかったけど、せめてなにか形に残るものを贈りたくてね」

「好きならどうして……」

そんな言葉が珠美の口をついて出る。

昔がどういう時代だったかはわからないけれど、おばあさんの話を聞いていたときも感じたことだった。たとえば駆け落ちとか。想いあっていたのなら、なにか方法があったのではないかと思ってしまう。

「駆け落ちする勇気があったらよかったのかもしれないが、彼女の立場もあっただろうし、俺のほうも、両親を亡くした俺を養子にしてくれた、義父母を裏切ることは出来なかった」

昨日おじいちゃんから正蔵が養子だと聞いたけれど、そんなしがらみがあったとは思わなかった。珠美は唇を噛んだ。

「しかし、犯人の息子さんはどうやってあのオルゴールのことを知ったんでしょうか」

そこがどうしてもわからないと先生は言う。

先生が見せてくれた資料には、五十五年前の犯人は既に全員亡くなっている、と書いてあった。生前に息子たちに話していたのであれば、もっと前に来てもいいはずだ。それがなぜ今来たのだろう。

「最近亡くなった天野真幸が、日記を残していたそうだ。真幸が……父親が亡くなって、遺品整理している最中に、初めて息子たちが日記を見つけ、中を読んでメモのことを知ってしまったらしい。そのまま真っすぐうちに来てくれれば良かったのに、考える前に行動するところは真幸そっくりだ。空き巣に入ってからうちに来るんだから」

正蔵が暗い笑みを浮かべる。確かに彼らは、父親と同じ過ちを犯している。

「先に亡くなった残りのふたりは金塊をどうしたんでしょう」

先生がもうひとつ疑問を述べた。

これも先生の資料に書いてあったけれど、三人で盗んだのだから分け合ったのではないかと考えられた。しかし結局金塊はどこにも出回った形跡はないらしい。正蔵は首を振る。

「さぁ、後のふたりのことは真幸の息子から亡くなったと聞いただけだったし。俺もあれ以来一度も会ってないからね」

「そうだったんですか」

なんだか切なくて、珠美は黙ったまま服の裾（すそ）をぎゅっと握った。

「どちらにしても、盗んだ金塊を、金（かね）に替えようなんて考えはなかったんじゃないかな」

酒の勢いで泥棒をして、その上人を傷つけてしまった三人の後悔はそれほど大きかったということだ。しかし半世紀以上たった今でも金塊は行方不明のまま。いつか埋蔵金などと言われるようになるかもしれない。

「資料で読んだ知識でしかありませんが、その真幸さんたちが警察で白状した場所に金塊はなかったとありましたが、なにかご存じありませんか」

正蔵は腕を組んだ姿勢で目を閉じ、当時のことを懸命に思い出そうとしてくれた。珠美と先生も黙って正蔵の言葉を待つ。

「さぁ、わからないな。ただうちに転がり込んできたときは、三人とも酷く動揺してたから、記憶違いをしていてもおかしくないと思うが……」

そこであえてウソの供述をする奴らではないと、正蔵ははっきりとした口調で言い切った。その意見には珠美たちも頷く。決して正蔵の親友を否定するつもりはなかった。

「もしかしたら、隠したご本人も金塊のありかを気にかけていたのかもしれませんね。それで日記に記したんじゃないでしょうか。なんと書いてあったのかはわかりませんが、はっきりしない記憶を頼りに書いていたとしたら、息子さんたちには宝の地図のように見えてしまっても不思議はありません。金塊のありかなんて書いてあったら、誰だって浮き足立ちますよ」

「そうだな。真幸の息子たちもそうだったんだろうな。彼らが来たときの話ぶりからは、良好な親子関係だったようには思えなかったから……」

　もし父親の気持ちを察するほどの親子関係を築けていたら、きっとその日記を持って警察に行っていただろう。

「真幸さんは、どんな思いで日記に書いたんだろう。本当は、持ち主のもとに戻って欲しかったんじゃないのかな」

「きっと珠美ちゃんの言う通りだと思うよ。根は悪い奴らじゃないんだ。金塊を返せないまま死ぬのは辛かったはずだ」

　珠美の意見に正蔵も大きく頷いた。

「そんな父親の気持ちに気が付かないまま、息子たちはオルゴールを手に入れた。だけど結局オルゴールにメモはなかった。それでここへ来たということですか」

「あぁ、初めて会ったとき、ふたりともあまりに真幸に似てたからビックリしたよ。オルゴールに入っていたメモを捜していたみたいだった。だけど急にメモって言われてもすっかり忘れていたから、そんなもの知らないって言ったら逆上してね」

「それで殴られたんですか」

「あぁ」

　メモのことを正蔵が思い出したのは、病院のベッドの上で目を覚ましたときらしかった。もしもっと早く思い出していれば、頭から血を流した状態で助けを求めたりはしなかったと後悔したらしい。

「このことを警察に話してもいいですね」

先生が確認する。

親友の息子たちだ。正蔵が彼らを庇いたくなる気持ちもわかる。けれど辛い思いをした人がいる以上、聞かなかったことには出来ない。正蔵自身も逆上されて危害を加えられているのだから。

「ここまでばれているようじゃ、これ以上は隠せないだろうな」

「えぇ、それに犯人のためにもよくありませんよ」

遅かれ早かれ警察が突き止めてしまう。それに、犯人たちがやけになって佳代のおばあさんに直接メモのありかを聞こうと考えたら、きっと普通に話を聞くだけでは済まない。

先生に諭されて、正蔵は諦めたように小さく呟いた。

「俺が止めてやれていたら……。家族を頼むと言われてたのに守ってやれなかった」

それは今回のふたりに対して、そして五十五年前の親友たちに対しての言葉のように聞こえた。珠美の心に重く響く。

「それから正蔵さん、今でもメモの内容を覚えてますよね」

先生の言葉に珠美は正蔵の顔を見る。五十五年も前の、当時もなにかよくわからなかったというメモの内容を覚えているものなのだろうか。不思議がる珠美をよそに、正蔵は一瞬敵わないなという風に笑って頷いた。

「梅が丘、小梅の木」

どういう意味だかわかるだろ、そう言った正蔵に先生は笑顔を返す。わからないのは珠美だけらしい。

「探しに行ったりはしなかったんですか」

先生の言葉に、正蔵は笑った。

「俺はあの丘には登らない」

梅が丘の中腹には佳代のおばあさんの生家があった。そして、丘の上には親友が押し入った豪邸が。それだけでも足が遠のく理由としては十分だ。親友たちを止めてあげられなかった後悔を抱えているなら尚更。

責任を持ってオルゴールは修理する、そう笑顔で言ってくれた正蔵に見送られて、珠美たちは時計店を後にした。ルパンまでふたり並んでゆっくりと歩く。

「先生、『梅が丘、小梅の木』ってなんですか？　なにかの暗号ですか」

あれからずっと考えているのだけれど、珠美にはどうしてもわからない。

「暗号ってほどじゃないけど、金塊の隠し場所を端的に残したんだよ」

そう言われても、梅の木ではなく小梅の木というのがよくわからない。それに今は梅が丘には梅の木はほとんどなくなっている。だから今となってはどこの木の下に埋められたのか特定のしようがないと思うのだけれど。クスリと笑うだけで教えてくれない先生を睨みつけても、教えてくれる気はないらしい。

ルパンに戻ってから、約束通り慶司に連絡を入れた。五十五年前に犯人だった天野真幸の息子、それだけで全て調べがつくらしい。改めて警察の凄さを思い知った。

そしてその日の夜、高木の取り調べを終えた慶司が得意げにルパンにやってきた。

第四章　真相

1

つい持って帰ってきてしまった宝石箱を押入れにしまったはいいものの、その日高木はどうしても宝石箱が気になって寝付けなかった。

宝石箱は毎日タクシーのトランクに入れて、仕事にも持っていった。どこかに捨てようと思ってはいても、いざ捨てようとすると誰かに見られているような気がして捨てられない。一度はゴミ収集車の後を追ってもみた。

しかし大事にされてきたものだろうと思うと、どうしても、あの一瞬でぐしゃりと潰されてしまう中へ投げ込む気になれなかった。毎回肩を落として持ち帰ってしまう。

西畑邸に忍び込んでから一週間が過ぎ、日に日に罪悪感が募って苦しくなっていった。そんなときに、見知らぬ背の高い男と若い女が会社にやってきた。特に女のほうは小柄で幼く、どう見ても警察ではないようだが、油断は出来ない。

「私はただの小説家で、作品の参考にとある事件のことを調べているんです。今、少しお時間よろしいですか?」

「事件、ですか」

男のほうはそう言ってきた。全てを見透かすような瞳に冷たい汗が背中を伝う。この男はどこまで知っているんだ。なにが目的だ。ゆするつもりか。怖くて仕方がなかった。

「ちょうど一週間前の夜、星が丘の住宅に空き巣が入ったのはご存じですか?」

「ええ、新聞で読んだような気がします。それがなにか」

近場だし職場でも話題になった。新聞にも出ていた。それを知らないと言うほうが怪しいだろう。高木は一瞬考えてから返事をした。そして、もしかしたらその犯人だと思われているのだろうかと不安に襲われた。

「その前日に空き巣に入られた家からの要請で、高木さんはその自宅から空港までお客さんを乗せてますよね」

なんだよ、空き巣のことじゃないのかよと言いかけて飲み込んだ。変な汗をかいて気持ちが悪い。しかしそれ以外ということは、なにが目的なのかと心臓が早鐘を打つ。

「さぁ、どうだったかな。毎日あちこち呼ばれますし、いちいち詳しいことは覚えてませんよ」

覚えていると言ったほうがよかったのか。誤魔化しても事務所に記録が残ってしまっている。そういえばいつものくせで名刺入りのポケットティッシュを渡してしまったかもしれない。頭の中で考えを巡らせても動揺して考えが纏まらなかった。目の前の男があの家族を空港まで送迎したことだけではなく、もしかしたらあの庭に入ったことまで気付いているかもしれないと思うと下手なことが言えなかった。

「そうですか。西畑さんと仰るんですけどね、おばあさんが高木さんをとてもいい人だったと話していたので、ちょっとお話を伺いたかったんですよ」

「あぁ、思い出した。とても上品なおばあさんのいた家族ですね。確かに空港まで送りましたよ」

空き巣のことが本題ではなかったのかとホッとして、これ以上誤魔化して詮索されても面倒だと上手く話を合わせることにした。そうすれば、あっさりと帰ってくれるだろうと思った。

「そうそう、そのおばあさんなんですが、北海道旅行から帰ってきたら空き巣に入られていて、大切なオルゴールを盗まれて寝込んでしまったらしいんですよ。かわいそうにね」

「そ、そうなんですか。それはお気の毒に……」

オルゴール？　そういえば拾った宝石箱の裏に、オルゴールのネジのようなものがついていた気がした。しかし高木は興味がなくて触ってもいない。それがどうしたのだと言いたいところを相手の男の言葉を待った。言えば強盗の犯人にされてしまうような気がして怖かったのだ。この男の真意がわからなくて、喉が渇き、逃げ出したい気持ちでいっぱいだった。そこへタイミングよく同僚が事務所から洗車場にやってきて声をかけてきた。

……助かった。高木は正直そう思っていた。お得意様からの送迎依頼でなんとか解放されたが、あの小説家という男はなにかに気付いている気がしてならなかった。

最後に渡された喫茶店のマッチには〝純喫茶ルパン〟と書かれていた。そこに小説家とその横にいた女がいると言っていた。

なんの目的があってこれを渡してきたのかがわからなかった。一度は捨ててしまおうとしたが、なぜか捨てられずにポケットにしまった。

早上がりのため夕方早い時間に仕事を引き上げ、いったん家に戻る。そして再び例の宝石箱を持って家を出た。これ以上誰かに疑われる前に、これを手放してしまいたい一心で。

繊細な装飾を施されたそれは、素人目にも良質に見えたし、大切にされていたことがうかがえる。それに、盗まれて寝込むほどのものということは、それなりに値が張るものだろうと考えた。捨てられないなら現金に替えてしまおうと、高木はオルゴールを質屋へ持ち込むことにした。

高木はタクシーの運転手になってから、もう十年も毎日走っている。質屋の場所くらいいくらでも知っていた。出来るだけ家から離れた場所を選んで持ち込むことにした。

「いらっしゃい。如月タクシーの運転手がどうしたんだい。タクシーは呼んでないけど」

　質屋の主人にそう言われて、初めて自分が着替えもせず制服のまま来てしまったことに気が付いた。動揺していたせいだろう。

「いや、これを見て欲しくて」

「ん？　これは乗客の忘れ物じゃないよな」

「さすがにそんなことはしませんよ」

　慌てて取り繕うと、それならいいがと質屋の主人は手袋をはめて宝石箱を調べ始めた。

「悪い品物じゃないが、三千円というところかな」

「三千円！　たったそれだけ？　もうちょっと値が張るはずだ」

「しかし、このオルゴールが壊れているからね」

　わざわざ聴いてみたりはしなかったが、まさか壊れているとは思わず、落胆した。あの庭に落ちていたのは壊れていたからか、それとも落ちたときにでも壊れたのか。

「三千円なら預かるが、どうする」

　少しでも借金の足しにと思っていたのに当てが外れた。

「いや、結構です」

　主人から宝石箱を受け取ってため息を吐く。またどうぞと言われて質屋を後にした。

　家に帰り、どうしたものかと宝石箱を目の前に一晩考えた。朝になっても、どうしてもこのまま仕事に行く気になれなかった。出勤時間ぎりぎりまで考えるが、一向にいい案が浮かばない。

「いっそ盗んだ家に返すか」

おばあさんも寝込んでいると言っていたことだし、それなら自分の罪もなかったことになるかもしれない。実際家の中には押し入っていないのだ。そうと決まれば居ても立ってもいられなかった。職場に休むと電話を入れると、急いで着替えて部屋を飛び出した。

静かな住宅街にはそれほど人の気配もなく、例の家から少し離れた公園の横に車を止めた。疚しいことがあるからか、やけに巡回する警察官が目に付く気がする。ドキドキしながら例の家に行こうと角を曲がったところで足が止まった。

「あいつら……」

それは高木の目的地の前に佇むふたりの男女の姿だった。

背が高くすらっとしたいい男と、対照的に小さなまだ若い女。遠目からでもよくわかる。あの小説家たちに間違いない。自分に気付いてこちらへ向かってきているように見えて、とっさに踵を返した。こんなものを持っているときに出くわしたら終わりだと思い、慌てでもと来た道に戻ると、急いで車に乗り込んだ。

車を運転しながら、助手席に置いた宝石箱の存在にどんどん追い詰められていく。どうしようか必死で考えてもなにも思いつかない。一晩考えて出た答えが持ち主に返すことだったのだ。今慌てて考えたところで、それ以外の案など浮かぶはずがなかった。そもそもいい案が浮かぶくらいなら、あの家に忍び込むような馬鹿なことはしていない。

　仕方なく家に帰ろうとしたとき、自分のアパートの部屋から出てくる人影を目撃してしまった。

　黒ずくめの格好はいかにも怪しい。目深に被った帽子にサングラス。どう見ても知り合いではない。しかもカギをかけて出たはずの家から出てくる様子に動揺が隠せない。しばらくするともうひとり中から出てきた。ふたつの人影が立ち去り、姿が見えなくなるまで高木は怖くて車の中から出られなかった。

　ようやく戻った自分の部屋は、想像通り台風の後のようなありさまだった。高木はもしかしたら狙われているのかもしれないと思った。

　恐らく犯人はあの日、西畑邸に先に泥棒に入っていた人間だ。なぜ高木の存在を知ったのかは定かではないが、奴らは家までわかっている。もしかして口封じだろうかとも思ったが、彼らの姿を見た覚えもないから、狙われる理由がわからない。

　そこまで考えて、高木は手に持った宝石箱に目を落とす。どう考えても心当たりはこの宝石箱しかない。きっとこれを取り返しに来たのだろうと推測出来た。

　そう思ったらこれ以上宝石箱を手元に置くわけにはいかない。荒れ果てた部屋にはいられなくて、車に戻った。そして落ち着こうと、震える手でポケットからタバコを取り出した。

「あ」

一緒に出てきたのは〝純喫茶ルパン〟と書かれたマッチだった。藁にも縋る思いでマッチに書かれた番号に電話をかけた。

『はい、喫茶ルパンです』

「……」

年老いた男の声がして、思わずなにも言わずに電話を切ってしまった。マッチをくれたふたりのどちらでもなかったから驚いたが、あのふたりのどちらかが出たところでなんと言うのかは考えていなかった。助けてくれとでも言うのか。しかし言えば、あの宝石箱を盗んだと白状しているようなものだ。

とりあえず家の近くにいるのは危険としか思えなくて、街中を車で走り回った。結局辿り着いたのはマッチに書いてあった住所の喫茶店だった。少し遠目からでも窓越しにあのふたりがいるのがわかる。

しかし客の出入りのある日中、堂々と中に入って直接渡せるはずもない。それが出来るくらいならさっき出くわしたときに渡している。自分だとばれずに渡す方法を模索するが、いくら考えてもなにも浮かばない。

いっそ入口に置いていけば、顔は見られずに済むのではないかと思った。閉店間際なら車から様子を見ていたが、あの店にいると言っていたように、あのふたりは全く店から出る様子もない。

日が落ちて街灯があたりを照らし、人の行き来も少なくなってきた頃、ようやく意を決して車から降りようとした。そのとき店の前に一台の車が止まって男が降りてきた。そいつは迷うことなく中に入り、あのふたりと合流した。

もう少しで姿を見られるところだった。心臓が早鐘のように音を立てる。深呼吸をして気持ちを落ち着けた。焦りは禁物だ。もう少し様子を見ようと座席に座りなおすと、女が看板を消して店を閉めたようだった。ということはもう閉店するということだ。それなら出てくる前に置いて帰らなくてはいけないと再び意を決し、音を立てないように車を降りた。誰も見ていないことを確認し、紙袋ごと宝石箱を喫茶店の扉の前に置いて逃げた。

やっと手放した安堵から、無意識に家に向かって車を走らせた。しかしアパートの近くまで帰っても、高木は自宅に入る気にはなれなかった。それどころか警察が来たのだろう、部屋の前には黄色い立ち入り禁止のテープが張られている。「俺は空き巣に入られた被害者だ」と自分に言い聞かせても、もう逃げられないのかもしれないという思いが頭を支配する。

このままここにいたら、昼間の黒ずくめの奴らがまた来るかもしれない。昼間に見た風貌からはどんな性格かは判別不可能だった。血の気の多い奴らかもしれない。もしそうだとしたら、宝石箱がない以上殺されるかもしれない。ひとりでこんなところで死ぬのはごめんだ。こんなとき助けてくれる人間は思いつかない。別れた妻はきっと鼻で笑うだろう。誰かもわからない奴らに殺されるくらいなら、自分から自首したほうがいいのかもしれない。警察にいればきっと殺されることはない。万が一刑務所に入ることになったとしても、死ぬよりはましだ。

そう観念して、高木は警察に向けて車を走らせた。

＊＊＊＊＊

「なんで知ってるんですか！」

「当たった？」

もうおなじみとなった閉店後のルパンで、慶司から高木の取り調べの様子を聞くはずが、先生の推理を聞いた慶司が驚く事態となった。先生はテーブルに両肘をついて顎（あご）を載せ、満面の笑みを浮かべた。

「俺に盗聴器とかつけてないでしょうね」

「そんなことしないよ。あくまでもこれは僕の推理だから。でも結構いい線いってると思うんだよね」

そう言われてもあまりにも高木の供述に近過ぎていたのか、慶司は本当に先生が盗聴器をつけていないか上着を脱いで念入りに調べ始めた。

「先生がそんなことするはずないでしょ。私がずっと一緒にいたんだから」

珠美がそう証言しても、納得がいっていない様子でちょっと不満そうな慶司だったけれど、上着からはなにも出てこなかった。

「それにしても、高木さんってつくづくついてない人なんですね」

先生の推理通りだと思うと、珠美はなんとも言えない気分で眉を下げた。この人なにやっているんだか、というのが正直な感想だった。小心者のくせに空き巣などと大それたことを考えたばかりに、とんだ騒動に巻き込まれてしまった。

「で、高木さんはどうなるの？」

「まだわからないけど、無罪放免ってわけにはいかないだろうな」

もちろんそれはそうだろう。きちんと反省して罪は償ってもらわなくては。意図したわけではないとはいえ、大切なものを盗まれてしまった、佳代のおばあさんがかわいそうだ。

「だけど、どうしてわかったんですか」

頷く珠美をよそに、慶司は先生に詰め寄っている。先生はにこやかに答えた。

「西畑家の空き巣犯と時計店の強盗犯が同じだってこと？」

そういえば結局その種明かしはされないままだった。慶司たち警察側はオルゴールについた指紋を見つけたからわかったのだろうけれど、先生はどうやって知ったのだろう。

ずっと一緒にいた珠美は気が付かなかった。

先生はコーヒーを一口飲んで、一息ついてから口を開いた。

「西畑家に空き巣が入ったのが三日の深夜、時計店に強盗が入ったのが六日の午後。この時点では関係ないように見えるけど、ただ貴金属が盗まれただけじゃなく、おばあさんの部屋が一番荒らされていたよね。ご両親の部屋からは多少の貴金属が盗まれていたけど、一番『なにか』を探し回ったであろうおばあさんの部屋から盗まれたのはオルゴールだけ。部屋には他にも絵とか、高そうな壺とかあったのに目もくれず」

「そういえば、凄く高そうな茶器なんかもありましたよね」

慶司もおばあさんの部屋の様子を思い出しているのか、空(くう)を見つめながら言う。それだけオルゴールに意味があったということに、先生は気が付いていたのだ。

「よく考えてみて。オルゴールを盗まれたおばあさんの初恋の人が、すぐ後に強盗に襲われているんだ。そこまでは百歩譲って偶然だったとして、営業中にわざわざ侵入してる。正蔵さんに用があったとしか思えないんだ。正蔵さんは盗まれたオルゴールを作った人だからね。現に高級な時計に目もくれず逃走してるのもその証拠だ」

「そう言われたら、そうかもしれませんね」

この桜川や周りの町では、珠美が知る限り新聞に載るような事件は起きていないのに、たった四日間で立て続けに事件が起こった。同一犯の仕業と考えても不思議はないし、正蔵と佳代のおばあさんが関わっているということが、偶然とは思えなかった。

「それに、最近僕は五十五年前の事件を調べてたでしょ」

「あの資産家強盗致傷事件ですか？」

あの資料を先生が読んでいたとき、古い資料だなと思っていたけれど、まさか五十五年経った今、珠美自身が関わるとは思いもしなかった。

「そう、あの犯人たちが自首したって書かれてるんだけど、正蔵さんの友達だったよね」

先生の言葉に、慶司が目を剥く。

「それ、初めから知ってたんですか？」

珠美は、そのことは正蔵の家に話を聞きに行ったときに初めて聞いたけれど、そのときも先生がいつから知っていたのか気になっていた。もしかしたら先生は事件の資料を読んでいるときから知っていたのかと思ったけれど、先生もさすがに初めから気付いていたわけではないと首を振った。

「でも問題はそこじゃなくて、そのとき盗まれた金塊が逮捕されても見つからなかったってことだよ」

確か逮捕された後、警察に隠した場所を白状している。しかしいくら捜しても金塊は見つからなかったと先生の読んでいた資料に書かれていた。

「俺たち警察の間じゃ有名な話ですよ。ウソの供述をしたんじゃないかって、出所後もずっとマークしてたんですけど、犯人たち三人やその家族が金塊を手にした形跡はありませんでした。そしてそのまま三人とも亡くなった」

それで五十五年前の犯人の息子だと言っただけで、慶司がすぐわかったのかと珠美も納得した。結局盗んだ金塊を手にすることもなかったのだと聞くと、その犯人たちも哀れに思えた。

「息子たちも、きっと正蔵さんが独り占めしたとでも思って行ったんだろうね。だけど正蔵さんは覚えてすらいなかった。強盗に関わっていなかったんだから仕方のないことだけどね」

「でもあんなことまでされて庇うなんて、私には全然理解出来ないんですけど」

珠美が正蔵の立場なら、庇おうと思うかは疑問だった。犯人一味でもなければ金塊のありかさえ知らなかったのに。知らないうちに巻き込まれて襲われて、踏んだり蹴ったりだったはずだ。

「自首する前に家族を頼むって言われてたからじゃないかな。結婚したのは出所後みたいだけど」

正蔵という人はつくづく人がいいとしか言いようがない。そういうところが珠美も好きなのだけれど。

「そんなもんなんでしょうか」

「多分ね、こればかりは本人にしかわからないけど」

「それが男の友情って奴だよ」

先生や慶司はなんとなく理解出来ているようだった。

時を越えた友情か……そこでふと佳代の顔を思い浮かべ、きっとおばあちゃんになっても佳代が困っていたら、一番に駆けつけている自分が想像出来た。そう思うと正蔵の気持ちもなんとなく理解出来たような気がした。

「それにしても高木さんには参ったね。あの人のおかげで解決したようなものだけど、あの人がいなかったらもっと単純だったような気もするし」

オルゴールを持ち去って右往左往、空き巣に間違われ、挙句の果てに本物の犯人に家を荒らされた。先生は疲れたとでも言うように肩を解しながら言う。

「確かにあの人はやってくれましたよ。おかげでどれだけ俺たちが走り回ったか」

慶司も呆れたように言って、伸びをした。しかしまだ謎は残っている。

「でも犯人はどうして高木さんを知ったんだろう」

さすがにタクシーで空き巣に入ったわけではないだろう。珠美が先生のほうを見ると、先生も肩をすくめる。

「それは犯人を捕まえてからのお楽しみだね」

「そうですね。じゃあ俺、署に戻ります」

そう言って慶司は甘いコーヒーを飲み干し、ルパンを出て行った。

2

後日新聞の一面を飾った大見出しは、『時を越えて金塊見つかる！』というものだった。

「これってなんだか宝探しみたいですよね」

一番奥の席で、先生が読んでいる新聞を覗き込んでみる。

「警察もずっと捜してたんだろうし、やっと事件が解決したってことなんじゃないかな」

先生はコーヒーを一口飲んでから頷いた。警察の名誉に関わる事件だったといえばそうだけれど。

「まぁ、新聞には詳しいことを書いてないから、全然わかりませんけど」

そう言って珠美は口を尖らせる。ずっと慶司と情報交換をしていたけれど、事件が解決してから奴は顔も見せなくなった。あの薄情者。毒付く珠美を先生が笑う。

「もうすぐ来るんじゃない？　一段落した頃だろうし」

「そんなに呑気にしてていいんですか？　先生のおかげで事件が解決出来たのに、お礼のひとつも言いに来ないんですよ」

先生はそんなことどうでもいいという顔をして、コーヒーの香りを楽しんでいるけれど、珠美は少し頭にきていた。

それになにより、まだ解明されていない謎がある。珠美は正蔵を襲った犯人のことをまだ聞いていない。どんどんイライラが募ってスマホを手にしたところで、入口のドアが開いた。

「あ〜疲れた」

噂をすれば影。入ってくるなり慶司の口から放たれた第一声に、さらに苛立ちが募った珠美は慶司をキッと睨みつけた。しかしそんな珠美をよそに、慶司はネクタイを緩めながら一番奥にいる先生のテーブルへまっすぐ向かっていった。

完全にここは、ゴールデンウィーク明けから第二の捜査会議室と化していたけれど、事件が解決した今もまだ変わっていないらしい。しかも珠美やおじいちゃんをスルーして一番奥のテーブルに直行するとは、どれだけ慶司は先生に飼いならされているのだろう。

「あ、マスター。コーヒープリーズ」

事件が解決したから機嫌がいいのか、それとも疲れのせいで壊れてしまったのか。学生時代英語を最も不得意としていた慶司の口から、プリーズなどという単語が飛び出して、珠美は怒っていたのも忘れて思わず噴き出した。

珠美がカップとソーサーを用意していると、おじいちゃんが大きなマグカップをドン、とカウンターに置いた。中には甘い香りのするカフェオレがたっぷりと注がれている。慶司は毎回あれだけ堂々とミルクとお砂糖をたっぷり入れていた。おじいちゃんもさすがに気付いていたはずだ。こうなるのも理解出来る。しかも、自己流で砂糖をどばどば入れるよりも確実にこのおじいちゃんが特製で作ってくれたもののほうが美味しい。疲れた慶司におじいちゃんからの優しさだった。

「マスター愛してる！」

テーブルに運んだら、一瞬ビックリしたみたいだったけれど、満面の笑みでカウンターを振り返った慶司が叫んだ。相手は珠美のおじいちゃんだというのに。

「わかったから落ち着いてよね。で、事件は解決したの？」

聞くまでもないけれど、これを聞かなくては話が進まない。

「やっとだよ、やっと」

事件解決のせいか美味しいカフェオレのせいかはわからないけれど、慶司は嬉しそうににやにやしている。

「もったいぶらないで早く言ってよ」

珠美は慶司を奥の席に押し込んで、その隣に座ろうとした。すると。

「ちょっと、たまみんはこっち」

「えっ」

珍しく先生に腕を引かれて、先生の隣に座らされる。

「このほうが話を聞きやすいでしょ」

そう言って、先生はにっこりと笑った。納得出来るような出来ないような理由だったけれど、今は慶司から話を聞くことが最優先だと、珠美は黙って従う。

慶司はぽかんと一連の流れを見ていたけれど、咳払いをひとつすると、西畑邸に空き巣に入った犯人のひとり――天野幸喜(あまのこうき)の供述について話し始めた。

＊＊＊＊＊

父の天野真幸の葬儀が終わり、家の中を整理し始めたのがことの発端だった。

もともと父親が犯罪者という過去があったため、息子の幸喜は就職してすぐに実家を出てひとりで暮らすようになった。そして結婚してからは更に両親とは疎遠になっていた。妻やその両親も、幸喜の実家とはあまり関わりたくないという空気を嫌というほど出していたからだ。

けれど葬式ともなればそうも言っていられず、妻子を残してでも実家に戻らないわけにもいかない。一応長男だという自覚はあった。

「よう、大樹。お前もひとりか」

「そういう兄貴も」

弟の大樹もまたひとりでやってきていた。母はとっくに亡くなっていたから、この寂しい状況を目の当たりにせずに済んだことが、幸喜にとっては不幸中の幸いに思えた。

通夜と葬式は、父の過去を知らない人たちに見送られて滞りなく済んだ。とは言っても父は、過去を知られるたびに転々と引っ越しをしていたせいで知人も少ない。

魔が差したとしか言いようがないあの事件以降、死ぬほどの後悔を抱え、罪を償い、全ての時間をまっとうに生きようと、どんな罵倒にも耐えて生きてきた父の最期に、悲しみを通り越して、幸喜は涙も出なかった。

冬の隙間風が窓を揺らす主のいなくなった家は、残す理由を探すほうが難しい。大樹とふたりで話し合った結果、維持するにも金がかかるということで、結局処分することに決めた。

そこで兄弟ふたりで遺品の整理をすることにした。珍しく手伝おうかと言ってくれた妻を断り、幸喜は勤めている雑誌出版社へしばらく休みを取る旨を伝えた。

弟とふたり、親孝行してこなかった罪滅ぼしのように作業を続ける。住んだこともない家はどこになにがあるのかわかるはずもなく、かといって想像通り遺産というほどのものも残っていない。借金がないだけまだましという状態だった。

片付けを始めて、数時間経った頃のことだった。

「兄貴、これ……」

大樹が押入れの奥からダンボールを引っ張り出してきた。重そうな、それにしても古いダンボール。今にも朽ち果てそうなその中には、山ほどノートが詰まっていた。

「これって親父の日記じゃないか」

「凄い量だな」

いくつか取り出してみると、それは幸喜たちが生まれる前――刑務所を出た日から綴られているようだった。

母に出会ってからのこと、プロポーズした日のこと。生まれたばかりの幸喜たちに語りかけた言葉。人生の節目節目に綴られる思い……。

寡黙で自分のことをあまり話さなかった父。その父が唯一饒舌に語ったのがこのノートだったのだろう。片付ける手を止めて、ふたりで順番に読み漁った。

「親父って意外とおしゃべりだな」

いなくなって初めて本当の父の言葉を聞いたような気がする。

過去が周囲に知られるたびに引っ越しを繰り返し、学校を転々としたせいで、幸喜も大樹も友達らしい友達は出来なかった。父との記憶は、自分たちが父を責めていたことばかり。なにも言い返さなかった父は、いつも幸喜たちに背中を向けたまま黙って酒を飲んでいた。

父は肺がんだったのだが、結局危篤の知らせが来るまで、ただの一度も見舞いに行かなかったことが今更悔やまれる。生きているうちにもう少し話を聞いておけばよかった、と幸喜は思った。

夕方に読み始めた日記は夜中を過ぎ、朝になっても読み終わらなかった。そして、三日目の朝に、幸喜たちは運命とも言えるページと対峙した。

「……これって、親父が強盗したときのことだよな」

それは、死ぬ半年前の日記だった。今まで何冊読んでも過去の事件のことは一行も書かれていなかったにもかかわらず、そこからは過去の懺悔(ざんげ)に始まり、迷惑をかけた人への思いが詰まっていた。死期を悟った父が、なにかを残そうとしているような気がした。

「兄貴、親父たちが隠した金塊って、まだ見つかってないんだっけ」

「そうらしいな。もしかしたら日記のどこかに金塊の隠し場所についても書いてあるかもしれないな」

初めは金塊のありかが見つかればラッキー、くらいの気持ちで読んでいた。しかしいつしか父の日記の内容よりも、金塊のありかを記したページを探すことに必死になっていた。

幸喜たちは裕福な暮らしをしているわけではないが、真面目に働いているおかげで金に困ってはいなかった。それでも父が魅了された金塊を一度見てみたい。見つかった後のことなど考えもしなかった。

しかし、その後も死ぬ直前まで書かれた日記には、隠し場所については触れられていなかった。ただメモをオルゴールに隠した、とだけ書かれていた。

「このメモに金塊のありかが書かれてるのかも」

「オルゴールなんてこの家にあったかな」

「探してみよう」

遺品整理を放り出し、大樹とふたり家中隅々まで探したが、オルゴールらしきものはひとつも見つからなかった。

「兄貴、これは?」

そう言って大樹が持ってきたのは、さっき読んだ死ぬ半年前の日記だった。そこには時計職人の親友が、想いを寄せる女性のためにオルゴールを作っていたと書かれていた。

「これか」

「なになに、時計職人の親友ってどこかにも書いてあったな」

もう一度、この話が書かれ始めた最後の半年ほどの日記を読み直す。該当の箇所はすぐに見つかった。

「もしかしたら、この〝丘の上の小梅さん〟っていうのがオルゴールを贈られた人かもしれない」

手掛かりが見つかるたびに、幸喜たちは金塊捜しに夢中になっていった。

実際に贈られたかどうか定かではなかったのは、贈られるのを見届ける前に真幸たちが事件を起こして逮捕されているから。そして出所後も親友に迷惑がかかると思い、会いに行かなかったから。けれど調べればわかるはず。雑誌記者という仕事をしている手前、幸喜にとって情報を集めるのはそれほど難しいことではなかった。

早速翌日から、幸喜たちは仕事の合間に調査に乗り出した。

父が生まれ育った街に行ってみた。春を待つ桜川の、今は枝だけを大きく広げた桜の木が、川沿いにびっしりと建ち並ぶ。そのすぐそばの時計店。そこに、何度か年老いた男が出入りする様子を確認した。あの人が父の親友だった正蔵だろう。

しかし、丘の上の小梅という人物を見つけるのには時間がかかった。市川の生家は人が絶えてなくなっていたこともあったが、とっくに嫁いで名字が変わっていたからというのが大きかった。

ただ、地元でも有名な資産家ということもあり、当時を覚えている人は多かった。根気強く聞き込みを続けると、小梅はその家柄に見合った隣町の名士のもとへ嫁いでおり、今は西畑の名字で星が丘に住んでいるということがわかった。

「正蔵って人はこの小梅って人と一緒にはならなかったんだな」

「一緒になっていてくれれば、もっと簡単に見つけられたのに」

不貞腐れたように言う大樹を、幸喜は笑う。思えば、結婚してからは弟とも疎遠だった。こんなふうに、兄弟で笑い合うのも久しぶりだと思った。思い通りにならないのが人生というものだ。

「持ち主がわかったんだからいいじゃないか」

「今でも持っているといいな」

「あぁ」

それからすぐ小梅の自宅の情報を手に入れるために、幸喜たちは盗聴器を購入した。後は家の中に設置するだけ。

それらしい服を着込み、昼間の人が少ない時間を狙って、幸喜はインターホンを押した。

「はい、どちらさまですか」

予想通り、出てきたのは品のいい老婦人だった。この人が小梅で間違いないだろう。幸喜は笑顔を貼り付けて、老婦人に会釈をした。

「最近このあたりで盗聴器を仕掛けられている家が多いので調べているんですが、お宅から盗聴電波が出ているようなので……」

本当はそんなものは出ていない。がさごそと音を立てているのは、幸喜のポケットの中にある盗聴器だ。しかし、老婦人は盗聴器と聞いて不安げな表情を浮かべる。

「あらどうしましょう」

「よろしければ今サービスで回ってますので、お探ししましょうか。もし年頃のお嬢さんがいるなら特に危険ですから」

「そうして頂けると助かります。うちには年頃の孫もいますし」

「それは心配ですね」

なんの関係もないこの人を騙すようでさすがに心が痛むが、これも金塊を手に入れるためだと、幸喜は心を鬼にした。怪しまれているかもしれないが、まんまと家に入ることに成功した幸喜は、機械を手に盗聴器を探すふりをして、家中を細かく観察した。オルゴールのありかを探るがなかなか見つからない。あまり長い間家の中をうろうろすると怪しまれるので、念のため金目のものは夫婦の寝室にあるということを確認し、いったん家を出ることにした。

もしあるとすればオルゴールはこの老婦人の部屋だろう。家の間取りも頭に入ったし、ある程度の見通しは立てられた。リビングに狙いを定めて、テレビの裏にあるコンセントに盗聴器を仕掛けることに決めた。ここなら気付かれる心配はない。

その後、部屋を一回りしてキッチンで調べるふりをする。そして「こんなところにありましたよ」と、怪しまれないように予備に用意していた盗聴器を見せた。

「本当にあったんですね」

怖がる老婦人には悪いが、これも親父の残したメモを見つけるためだ、と幸喜は自分に言い聞かせる。

「もう取り除きましたから、安心してください」

「本当にありがとうございました」

深々と頭を下げられるとちょっと悪い気もするが、謝礼を支払うと言う老婦人に、それだけは断って退散した。

後は毎晩仕事帰りに張り込むだけだった。兄弟で交代し、家の近くに車を止めて聞き耳を立てる。わかったことは孫が銀行に勤めていること、夫婦は仲がよく夫の帰りが早いこと。専業主婦の妻は買い物と習い事以外は家にいること。なによりあの老婦人が朝散歩に出る以外はずっと家にいて、茶飲み仲間が訪ねてくるからこの家が無人になることはまずないということだった。

「兄貴、どうする」

「どうするって……、チャンスを待つしかないだろ」

幸喜たちは強盗のプロでもないし、第一、恨みもないこの一家にケガをさせるわけにはいかない。いや、そんな度胸、持ち合わせていないと言ったほうが正しい。父のように住人と鉢合わせしてケガをさせたら罪が重くなることも、いやになるほど知っていた。絶対に不可能だとわかってはいるが、出来ることなら完全犯罪にしたい。そのためにも焦りは禁物だった。

張り込んで二か月が経とうとしていたある日、盗聴器から送られてきた吉報によって運命が動き出した。西畑家が、ゴールデンウィークに家族全員で旅行するという。

「兄貴、旅行中なら誰もいないし……」

「そうだな」

この好機を逃す手はない。毎日のようにリビングで旅行の日程を話し合っている声を聞き、忍び込むタイミングをうかがった。

二日の朝、旅行に出掛ける一家がタクシーに乗り込むところを遠目から確認した。そしてしばらく盗聴器からなんの物音もしないことも確かめる。四人を見送ったのだから、なにか音がするわけがないとわかっていながらも、幸喜たちは念には念を入れた。用心深いのではなく、いざとなっても覚悟が足りていないだけだった。

幸喜たちは旅行に行ったその夜に盗みを決行するつもりだったが、深夜に降り出した雨によって延期を余儀なくされた。翌日の三日も雨が降り続き、ようやく夜中になって雨が上がったのを見計らって忍び込んだ。

「大樹、お前は二階で金目のものを探して来い」

「了解」

やや短気で間抜けな弟を二階の寝室に追いやり、リビングで盗聴器を回収して、一応リビングでも金目のものとオルゴールを探す。しかしやはりリビングにオルゴールは見当たらず、一番可能性の高い老婦人の部屋へ向かった。きちんと整頓された部屋を物色しながら、もしかしたらもう手元に持っていないのではないか、という不安が胸を過った。

タンスや押入れをひっくり返すように物色する。なかなか見つからず、諦めかけたときにふと顔を上げた先、ベッドサイドのライト横に、隠れるようにそれはあった。ライトの灯りが消える最後の瞬間まで視界に入る場所。一見宝石箱のようで、裏を返せばオルゴールのネジがあった。

「こんなところに置いていたのか。とんだ灯台下暗しだった」

幸喜は思わずそう呟く。まさかそこまで手元に置いているとは思わなかった。外に灯りが漏れることを恐れ、小さな懐中電灯だけで中を探る。

オルゴールの小さな引き出しを全て引き出した奥に、隠れた引き出しを発見した。しかし手袋をつけたままではつまみが掴めない。仕方なく手袋を外して引き出すが、そこには父が隠したメモどころか、チリひとつ入っていなかった。

愕然としつつも、もしかしたら他にも仕掛けがあるかもしれないと思い直し、とりあえず持ち帰ろうと、オルゴールの引き出しを元に戻して抱えると、リビングに移動した。ちょうど大樹も二階から降りてきたようで、テーブルの上に戦利品を集めカバンに詰め込んでいた。

「これがオルゴールか。小さなタンスみたいだな」

大樹も気になったらしい。ふたりのイメージだとオルゴールといえば、小さな箱を開けたら鳴り出すシンプルなものしか思い浮かばない。

「よく出来てるだろ」

大樹も奥の隠れた引き出しを開けようと指を突っ込んでいるが、手袋をした男の手では無理だった。やはり大樹も手袋を外した。

「本当になにもないな。ここだと思ったのに」

「とりあえず持って帰ってゆっくり調べよう」

「わかった。だけどこんなに大きいなら、もうちょっと大きなカバンにすればよかった」

「そんなにでかいカバン持って歩いてたら怪しいだろ」

「そうかな、ゴールデンウィークだし旅行みたいじゃないか」

泥棒に入っているのに呑気なことを言う大樹を睨みつつ、誰かに見つかる前に逃げなくてはと、忍び込んだリビングの窓から脱出した。

月明かりに照らされた庭は、静かで虫の気配すらない。ただ隣の犬の声が少し聞こえるだけだった。気味が悪いくらいの静寂は、幸喜の罪悪感をいっそう高める。

「早く行くぞ」

「ちょっと待って」

なにかに躓(つまず)き、もたもたしている大樹を急かして外へ出たが、やはり人はいない。胸をなでおろして、近くの公園に止めた車に乗り込んだ。大きな荷物を持った大樹は、後部座席に乗り込む。

「なにか俺たちの証拠が残るようなことはしてないだろうな」

「大丈夫だよ。手袋は外してないし、身元がわかるようなものはなにも持っていってないから」

それならいいが……、罪悪感のせいかどうしても落ち着かない。

そこで、ふと幸喜は気付いた。

「おいお前、オルゴールは？」

「このカバンの中に……、あれ？　ない」

後部座席に載せたカバンを探っていた大樹が、入れたはずのオルゴールがないと言う。

「さっきちゃんと入れただろ。よく探せ」

「もしかしたら庭で落としたのかも」

「まさか、あの躓いたときか」

「多分」

なんということをしてくれたのだ、と幸喜は頭を抱えたい気分だった。

「でもメモはなかったんだし、いらないんじゃないの」

それもそうかと一瞬思ったが、オルゴールには自分たちの指紋がついていることを思いかった。

出した。あんなに奥を調べるかどうかはわからないが、指紋が残っていることには違いな

「取りに行って来ようか」

「いや、俺が行く」

これ以上大樹にへまをされてはたまらない。車から出ようとする大樹を制してエンジンをかけた。一瞬なら家のそばに車を止めてすぐに走れば、誰にも見られずに済む。そう考えて角を曲がったときだった。

勢いよく西畑邸から飛び出していった人影に、急ブレーキを踏んだ。恐らく男。黒の上下に黒い帽子、マスクまでしている。土の上で転びでもしたのかズボンに泥がついていた。

「あいつ泥棒みたいだな」

大樹が言う。まさに幸喜たちと同じ格好をしていた。しかし大事なのはそんなことではなかった。走り去った男は、手になにか抱えている。

「あいつ……」

男は幸喜たちが置き忘れたオルゴールを持って走っていった。急いで追いかけたが、男は近くに停めてあった車に乗り込んで走り出した。幸喜たちは見失わないように必死で後をつける。男をつけることで精一杯で、奪い返す余裕はなかった。

「兄貴、どうする?」

「頃合いを見て取り返すしかないだろ」

逃げた男は幸喜たちに気付かないまま、小さなアパートに入っていった。これでオルゴールを持ち去った男の居所はわかった。あのオルゴールのことをどれだけ知っているかはわからないが、あいつが持っている以上、警察に指紋を取られることはない。もしかしたら幸喜たちの指紋を消してくれる可能性だってある。

それよりもまず、メモの行方を探すほうが先だった。幸喜たちは、仕事の合間にでも時計店の正蔵に会いに行くしかないと心を決めた。

六日の午後、ふたりは揃ってまた桜川へやってきた。以前は木の枝が寒そうにしていたが、今回は青々とした緑の並木道を眺める。

「桜の時期は過ぎちまったな」

幸喜は緊張する気持ちを誤魔化すように呟き、目当ての時計店の前に立った。

小さな時計店のショーケースには高価な時計がいくつも並び、綺麗に手入れされた指紋ひとつないガラスに映る自分の顔を見た。なんという面(つら)をしているんだ。ここ数か月、とりつかれたようにオルゴールを探し、ようやく見つけたそれには目当てのメモがなかった。最後の頼みの綱はここしかない。恐る恐るドアを開けると、人の良さそうな年老いた男が作業している机から顔を上げた。

「いらっしゃい」

「あの……」

「おや？　もしかして、君たち……」

　こちらに向き直った男……正蔵は、幽霊でも見たように立ち上がって、幸喜たちのほうに歩み寄る。こいつはなにか知っているのか。そんなはずはないと思いつつも背中に冷たいものが流れた。

「真幸、天野真幸の息子か」

　呆然としながら正蔵が言葉を紡いだ。

「そう、ですけど」

　残念なことに幸喜たちは父によく似ている。昔の知り合いが気付いても不思議はない。

「真幸はどうしてる、元気なのか」

「いえ、去年の冬に他界しました」

「……そうだったのか」

　正蔵はそれを聞いて肩を落とした。父は過去を知る人物から逃げて生きてきたので、こちらからも昔の知り合いに亡くなったことを知らせる手立てがなく、当然亡くなったことを知るはずもなかった。それに、仲が良かったらしい残りのふたりがすでに亡くなっていることも、幸喜が話すまで正蔵は知らなかった。

　気を取り直して、幸喜は正蔵に尋ねる。

「それでお聞きしたいんですけど、あなた、父が書いたメモを持ってるんじゃないですか」

メモさえ見つかれば金塊が手に入ると思うと、無意識に語気が強くなった。

「メモ？」

「ええ」

正蔵は少し考える素振りを見せたが、大きく首を振った。

「なにも預かった覚えはないが……」

その答えに、それまで後ろで大人しくしていた大樹がいきり立つ。

「親父はあんたが作ったオルゴールに入れたって日記に書いてたんだ。独り占めしようとしてとぼけてるんじゃないだろうな！」

「大樹止めろ！」

「独り占めって言われても」

正蔵は戸惑ったような表情を浮かべる。ウソをついているようには見えなかったが、ここで見つからなかったら後がない。そんな思いが大樹を興奮させてしまったようで、幸喜が止める間もなく正蔵に跳びかかった。

「バカ、よせ！」

大きな音を立てて倒れこんだ正蔵は頭から血を流していて、小さく呻（うめ）いた。大樹は拳を握りしめたまま肩で息をしている。

「行くぞ」

怖くなって大樹の腕を掴んで外に飛び出した。

「待、て……」

後ろから呼び止める声に、振り返ることなど出来るわけがない。

すると誰かが音を聞きつけたのか、すぐに正蔵を見つけた人の悲鳴が聞こえた。

「正蔵さん、どうしたの？　誰か救急車！」

幸喜と大樹は駆け出す。

こんなはずじゃなかったのに。ただメモのありかを知りたかっただけだった。どうしてこんなことに。走りながら考えても後悔しか浮かばない。車に飛び乗り必死で逃げて、気が付いたらふたりは父の家にいた。

「兄貴、ごめん」

「ごめんじゃないだろ！　これであいつから二度と話を聞けなくなった！」

遺品整理の途中で投げ出したままになっている仏間で、幸喜は山積みになった日記を前に頭を抱えた。もう一度この日記を読み返したところで、今以上の情報が手に入るとは思えない。一番新しい日記をぺらぺらとめくりながら、大樹が半ば投げやりに呟いた。

「親父もメモの内容を日記に書いててくれれば良かったのに」

確かにそれを書いていてくれれば、幸喜たちはわざわざ泥棒に入る必要はなかった。けれど日記には記されていなかった。父は誰かにその金塊を手にして欲しかったわけではないのかもしれない。それならどうしてメモの存在を記したりしたのだろう。

仏壇の前で恨み言を言ったところで、返事が返ってくるはずもなかった。

「ここまでやってしまったんだ。中途半端では終われない。オルゴールをもう一度調べるしかない」

後日、幸喜たちはオルゴールを持って消えた男の家に忍び込んだが、そこにはオルゴールも男の姿もなかった。あの夜すぐに押し入っていればよかったのかと後悔しても、もう遅い。手詰まりになったまま、時間を持て余す。

盗んできた貴金属も、偶然ドラマで盗品が質に入れられて犯人がわかるという展開を見たせいで、恐ろしくてどこにも持ち込めず、ほとぼりが冷めるのをただ待つしかない。親父のように一生金に替えられないかもしれないと思い始めた。ただ足がついていないことだけが幸いだった。

「俺たちどうなってしまうんだろう」

風にカタカタと揺れる仏間の窓から外の景色を眺めながら、大樹がため息交じりに漏らした。

「黙っていつも通り生活していくしかない。誰にも喋るんじゃないぞ」

「わかった」

幸いなことに、正蔵は幸喜たちのことを警察に話さなかったようだった。あのオルゴールさえ警察の手に渡らなければ、幸喜たちが捕まる心配はない。

しかしそれは甘い考えだったとすぐに思い知ることとなった。

パトカーのサイレンがどんどん大きく響いてきたと思ったら、赤いライトが視界に入り、幸喜たちのいる家のすぐそばで止まったのだった。

＊＊＊＊＊

慶司が事情聴取で聞いたという話を聞き終わり、珠美の口から最初に出たのはため息だった。

「みんななにやってんだか。振り回された人はいい迷惑だよね」

「まぁな。でもおかげで五十五年前の謎も解けたし、悪いことばかりじゃないんだけどな」

慶司の言う五十五年前の謎というのは、ずっと見つからなかった金塊のこと。犯人の家にもゆかりのありそうなところにもどこにもなかった。『梅が丘、小梅の木』。灯台下暗しとはこういうことを言うのだろう。

「まさか盗まれたものが、盗まれた家の前に埋めてあるなんて誰も思わないからね」

先生が推理した通り、金塊は資産家の家があった場所の、すぐ目の前に植えられた大きな桜の木の下に埋められていたらしい。小梅の木がどうして桜の木なのか、珠美は先生に言われるまで気が付かなかったけれど、少し前に佳代のおばあさんから話を聞いたときに、ヒントはあったのだそうだ。小梅おばあさんの好きな花は、桜だった。

「当時の事件担当者たちは、梅の木と聞いて梅が丘中の梅の木を掘り起こしたと記録にありました。まさか梅の木があの桜の木だったとは思いませんでしたよ」

それが原因だったのかは定かではないけれど、梅が丘の梅の木は少なくなってしまった。それとは対照的に、当時は今ほど立派ではなかった桜の木が、金塊を懐に抱きながら大きく成長し、梅が丘の象徴とも言える存在になっている。

「今度その桜の木、見に行ってみようかな」

「いいね、たまみん。一緒に行こう」

今年はもう花は散ってしまっているから、来年綺麗な花を咲かせる頃に先生と見に行く約束をした。そんな呑気な珠美をよそに、慶司は姿勢を正す。

「今回の事件では大変お世話になりました」

そう言って先生に向かって深々と頭を下げた。

「いいえ、こちらこそ次回作のいいネタを提供してもらって助かりました」

先生がときどきパソコンとにらめっこをしていたのは、きっと次回作のためのプロットづくりでもしていたのだろう。

しかし顔を上げた慶司の表情は渋いものだった。

「これ全部書かれたらまずいんですけど」

「ちゃんと脚色するから大丈夫。僕は小説家だよ」

にこやかに言う先生の言葉が本当かどうかはさておき、かなり書く気になっている彼を止められるはずがない。担当編集者の吉井が聞いたら大喜びすることだろう。

「あ、オルゴールは？」

珠美は慶司に尋ねる。正蔵に修理を頼んでいたオルゴール、修理が出来たとは聞いていたけれど、その後、証拠品として再び警察に預けられていたはずだ。

「それならさっき西畑さんに返してきた」

「慶司が？　正蔵さんに直接渡しに行って欲しかったのに」

半世紀ぶりの再会、と言ったら大げさかもしれないけれど、やっと想いが通じたのだから、佳代のおばあさん——小梅と会って欲しかったのに。

「正蔵さんに頼まれたんだよ。思い出だけあれば十分だからって」

そう言って慶司は腕を組む。おばあさんはどうだったのだろう。もしかしたら会いたかったのではないかと思った。眉間にしわを寄せていた珠美に、先生が諭すように言う。

「オルゴールが鳴るようになったんだから、それでいいんじゃないかな」

「先生まで……」

ふたりが幸せならそれでいいけれど。今度佳代に聞いてみようと思った。

「ところで高木さんはどうなるの？」

疑問ついでに珠美が聞くと、慶司は美味しそうに飲んでいたカフェオレをテーブルに置いた。

「あぁ、多分たいした罪にはならないんじゃないかな。執行猶予がつくだろうって上司が言ってた」

「そっか、それならよかった」

佳代のおばあさんを悲しませたことは許せないけれど、彼の境遇を考えると哀れに思っていた。泥棒をしようと庭に侵入したけれど、先を越されていた。転んだ拍子に思わず掴んで持ち帰ったオルゴールも、きちんと佳代のおばあさんのもとに戻った。きっと佳代のおばあさんも重い罰を願ったりはしないだろう。

「じゃあ、俺はこれで。ちゃんと報告しましたからね」

カフェオレを飲み終えた慶司が立ち上がり、先生を見据えて言う。対する先生は「ありがとう。ご苦労様でした」と笑顔で会釈をした。

署に戻ると言って出て行った慶司をふたりで見送る。

「慶司っていつからあんなに先生に忠実になったんですか？」

最初はちょっと険悪に見えたのに。先生に聞いても、さぁ、とあっさり誤魔化されてしまった。仕方なく珠美が慶司が飲んでいたカップを片付けようとしたときだった。入口のベルがけたたましく鳴る。

「出た！」

「出たじゃありません」

それは紛れもなく先生の担当編集者の吉井だった。

「ゆっくり座ってコーヒーでも飲んだら。マスター、コーヒーをひとつ」

先生が慌てもせずにおじいちゃんに注文をする。おじいちゃんも突然の吉井の登場に動じていないようで、丁寧にコーヒーの準備を始めた。そんなおじいちゃんに珠美は、さすが戦前生まれ、と感心した。

「コーヒーはいただきますけど、それより先生、原稿は進んでるんですよね」

いつも逃げ惑う先生の態度と違うものを感じたのか、若干眉を寄せながら、「ギリギリばかりじゃ困るんですよ」と吉井はいつもと同じセリフを放つ。

「ちゃんと進んでますよ。今回は超大作になる予定ですから。ね、たまみん」

珠美に言われても困るのだけれど、今回の事件を本にまとめたら、確かに超大作になるのかもしれないとは思う。

「た、多分」

吉井は本当だろうな、と言いたげな怖い顔して珠美を見据える。これ以上そばにいると面倒だ。退散とばかりに珠美はカウンターに逃げた。

カウンターの中から先生たちを見ていると、吉井がメガネを外して拭き始めた。ふとどこかで見たことのある横顔に、珠美は釘付けになった。

「吉井さんってコンタクトする日もあったりします？」

急に珠美が大声を出したから、驚いてこちらを向いた吉井は一瞬きょとんとした顔をした。

「えぇ、あるわよ。花粉が少ない時期だけコンタクトしてるけど」

それがどうしたと言わんばかりの返答だった。しかし珠美は満面の笑みを浮かべる。

「あ〜、そうだったんですね。初めて見たからビックリしちゃって。メガネがないほうがお綺麗ですね」

「……？　ありがとう」

そうか、そういうことだったのか。珠美は勝手にひとりで納得していた。どうやら珠美が以前見た、先生の家に入っていく美人というのは吉井だったのだと判明した。その事実に、なぜか頬が緩みそうになる自分に気付く。

そんな珠美を見て、ニヤリと口の端を上げた人物がひとり。先生しかいないのだけれど、珠美は気付いていないふりを決め込む。

「ねぇたまみん。そろそろ惚れた？」

嬉しそうな声がルパンの店内に響く。

「惚れてません」

あの人は顔を見たら全てを見透かしてしまうから、珠美は顔を見られないように背中を向けた。そしてちょうど出来上がったコーヒーの香りにホッと息をついた。

エピローグ

医者に余命を告げられて、天野真幸はどこかホッとしている自分に気が付いた。ショックを受けるかと思っていたが、あまりの落ち着きぶりに、担当医師が驚いたほどだった。ある程度覚悟もしていた。八十年近く生きてきたのだ、もう思い残すこともない。なにより、やっと解放される。そんな思いが心のどこかにあったのかもしれない。それにこんな状況になってようやく、冷静に過去と向き合えるようになっていた。

病院のベッドに横たわり、窓から見える寒そうな木々を眺めながら、穏やかな気持ちでいつ終わるかもしれない命を振り返る。

思えば長い間親友とも会っていなかった。一緒に罪を犯したふたりとも、出所してから一度も会わないいまま。亡くなったことだけは噂に聞いた。

あいつらには悪いことをした。真幸が酔った勢いで道連れにしたようなもの。それなのに、真幸を悪く言うことはなかったと警察から聞いた。

住人にケガをさせた真幸よりも、ふたりは少し早く出所した。これ以上迷惑をかけたくなくて、自分の出所は知らせなかった。ただふたりが少しでも幸せな人生を送ってくれたことを願うのみ。

それから、忘れてはならない人物がひとりいた。真幸たちが自首する直前に会いに行った親友の正蔵。あいつは酒を飲まないし、誰よりも真面目なので、たいてい真幸たちが悪さをするときにはいないことが多かった。それでも学校で叱られるときは、いつも一緒に叱られてくれるいい奴だった。決して言い訳をせず、黙って頭を下げてくれた正蔵のことは今でも忘れない。

正蔵はどうしているだろうか。服役中何度か面会に来てくれたのに、申し訳なくて出所後は会いに行けなかった。今でも時計店をやっているのか、それとも隠居しただろうか。そこまで考えて、ふと思い出したことがあった。

警察に自首するあの日、正蔵が大切に作っていたオルゴールに挟んだメモ。

梅の木ということ以外、なんと書いたかはもう覚えていない。何故あのオルゴールにメモを挟んだのかも思い出せない。もしかしたら正蔵ならなんとかしてくれると思ったのかもしれない。

しかしよく考えてみると、あれは正蔵が想い人に贈ろうとしていたもの。見つけずに想い人の手に渡ってしまったかもしれない。

ふたりが想いあっていたことに気付いていながら、真幸は結局なにもしてやれなかった。

正蔵の話を嬉しそうにする彼女はとても美しかった。正蔵は必死で気持ちを押し殺しているようで、何度か背中を押してみたが頑なな正蔵を説得することは出来なかった。

彼女がもしメモを見つけても、意味がわかるはずがない。運よく正蔵がメモを見つけたとしても、同じく意味がわかったかも不明で、正蔵が探しに行ったかどうかも疑問だった。そのまま気が付かなかったことにするか、もしくは警察に知らせるだろう。間違ってもひとり占めするようなことはしない。

ただ、警察の実況見分でも金塊は見つからなかった。

隠したときは夜中だったことと、酒と動揺のせいで記憶がはっきりせず、「梅が丘の梅の木」という曖昧なことしか伝えられなかったせいで、警察はかなり広範囲を掘り起こしていた。

メモのことを話せば金塊は見つかるかもしれないと思ったが、正蔵に迷惑をかけることになると思うと、それは言えなかった。

あのときはとにかく早く手放したくて、金塊を埋めたような気がする。ほとんど無意識に近かった。隠したところで自分たちの罪がなくなるわけでもないのに、気が動転していたとしか言いようがなかった。

出所してから一度だけ近くまで行ってみたが、長く刑務所にいた間に景色は一変していて、どの木の下だったのか見当もつかなかった。結局あの金塊はどこに行ったのかわからないままだ。

このことは一生胸に秘めて逝くつもりでいたが、命が尽きるまでに持ち主へ返せていない申し訳なさが募る。どうにかして持ち主に返せないものかと悩み、どうしてもひとりで抱えていられなくなって、メモのことを日記に記した。誰かが気付いて代わりに捜してくれることを願って。

しかしどうせ読む人間などいない日記だ。

妻はもう亡くなっているし、息子たちとはずっと疎遠なまま。真幸が日記を書いていることすら知らずに全て処分するだろう。それでもいい。ただ、ひとりで抱えて逝くには大き過ぎる。

けれど、もし叶うのならば、どうかあの日記が正蔵のもとへ届きますように。

それから、きっと死ぬまで顔を合わせることはないだろう息子たちに、一言謝りたかった。

子供の頃から引っ越しが多く、友達もそれほどいた様子はなかった。そのせいか兄弟ふたりでいつも遊んでいたように思う。しかし年頃になると、引っ越しの多さに不満を持ち始めた。反抗期とも重なってほとんど話をすることもなく、正面から向き合うことを恐れて、背中を向けていた記憶しかない。高校を出てすぐにふたりともそれぞれ家を出てしまい、結婚したと報告は受けた。孫も生まれたらしいが一度も会ってはいない。

恐らくそんな息子たちが見舞いに来ることはないだろう。これからの人生で、息子たちが自分と同じ過ちを犯さないことを祈る。ささやかでいい、幸せな家庭を築いて欲しい。

静かに目を閉じると、幼い頃の仲間たちの顔が浮かんだ。

やんちゃばかりしていた頃、大人しそうな正蔵が引っ越してきた。手先の器用な正蔵に壊れたラジオの修理をしてもらったことも、昨日のことのように思い出される。

あのままずっと続いていくと思っていた。それを壊したのが真幸自身だと思うと今更ながら頬を涙が伝う。

願わくは、関わった全ての人が幸せに笑っていますように……。

真っ白な天井を見上げたまま、耳に入るのは体に繋がれた機械から聞こえる電子音だけ。

誰もいない病室で、天野真幸は静かに永遠の眠りについた。

了

本書は小説投稿サイト・エブリスタに
投稿された作品を加筆・修正したものです。

SH-012

喫茶(きっさ)ルパンで秘密(ひみつ)の会議(かいぎ)

2017年2月25日　　第一刷発行

著者　蒼井蘭子(あおいらんこ)

発行者　日向晶

編集　株式会社メディアソフト
〒110-0016
東京都台東区台東4-27-5
TEL：03-5688-3510（代表）/ FAX：03-5688-3512
http://www.media-soft.biz/

発行　株式会社三交社
〒110-0016
東京都台東区台東4-20-9　大仙柴田ビル2階
TEL：03-5826-4424 / FAX：03-5826-4425
http://www.sanko-sha.com/

印刷　中央精版印刷株式会社
カバーデザイン　大岡喜直（next door design）
組版　松元千春
編集者　長谷川三希子（株式会社メディアソフト）
川武當志乃、福谷優季代（株式会社メディアソフト）

ISBN 978-4-87919-190-8

SKYHIGH文庫公式サイト　◀著者&イラストレーターあとがき公開中！
http://skyhigh.media-soft.jp/